CELUI QUI EST DIGNE D'ÊTRE AIMÉ

ABDELLAH TAÏA

CELUI QUI EST DIGNE D'ÊTRE AIMÉ

roman

ÉDITIONS DU SEUIL
*25, bd Romain-Rolland, Paris XIVe*

ISBN 978-2-02-134307-6

www.seuil.com

Pour ma tante, Massaouda Taïa

Août 2015

Chère Malika,

Là-bas, tout au fond du noir, le monde est beau enfin, n'est-ce pas ?

Ne réponds pas à cette question, s'il te plaît. Ne dis rien, plus rien. Reste où tu es, comme tu es, effrontée jusqu'au bout, les yeux durs, indifférente à tous, à moi surtout, dictatrice assumée. N'essaie même pas de comprendre ce qui se cache comme secrets dans ma question qui se veut intelligente. Continue de fermer les yeux. Tu es en paix. Dans le repos éternel. Restes-y. Ne bouge surtout pas. Tu es partie. Nous sommes seuls. Nous survivons, seuls. Nous construisons la vie après toi, en vain.

Chaque jour nous sommes un peu plus en colère. Chaque nuit est un combat d'avance perdu. Les cauchemars viennent et ne repartent plus.

Tu es morte en 2010. Et depuis, jamais tu n'as été aussi vivante.

Après la mort du père, ce n'était pas ce que j'avais compris. La mort qui obsède ceux qui restent, ceux qui sont encore un petit peu là. Les morts sont vivants.

Il nous a quittés jeune, lui. Hamid. 66 ans à peine. Un vendredi matin. Le choc a été énorme : exister sans père. Un père qui fumait trois paquets de cigarettes par jour. Respirer, manger, marcher n'était plus pareil sans lui. Même espérer un jour aimer sincère n'était plus possible sans lui, cet homme défaillant, sans sa bienveillance, sa tendresse désespérée, son désir fougueux et ses éternelles maladresses. Dès qu'il a été enterré, tu as pris un peu plus le contrôle sur nous, sur tout chez nous. Sur le cœur de l'existence, l'origine de tout en nous : notre pauvre et minuscule maison à Hay Salam, à Salé.

Je me souviens de ce que tu as fait, ma mère. Je n'ai pas peur de te le rappeler.

Le soir même de sa mort, tu as donné ses vêtements et ses affaires aux mendiants, aux ivrognes, aux méchants. Vite, vite, ne surtout pas garder de trace de lui chez nous. Son corps à peine mis en terre, et déjà ses souvenirs, ses objets, ses livres dispersés, éloignés. Évanouis. Il a existé, le père. Il n'existe plus. Voilà comment on va porter son deuil : sans aucune trace de lui, de sa maladie contagieuse. Vous avez entendu, les enfants ? Tu as entendu, toi, Ahmed ? Pleurez si vous voulez, mais ne me demandez pas de faire comme vous.

Tu as porté le blanc quarante jours, maman. Dans ton cœur, ce n'était pas le deuil, c'était le devoir, l'obligation. Rien de plus. Tu as joué à la veuve. Parfaitement. Bravo !

Il t'a pourtant aimée toute sa vie, le père. Il a toujours eu du désir pour toi, pour ton corps, tes rondeurs affolantes, tes cris mutins. Le monde, la vie, les jours, les nuits, l'existence, tout cela se résumait pour lui à un seul regard, le tien, portait un seul prénom, le tien.

Malika. Malika. Malika. La reine.

Le père, l'homme est mort. Vive la dictatrice !

Tu n'avais aucunement l'apparence d'une dictatrice, mais je sais aujourd'hui que tu en étais une. Sans hésitation une dictatrice. Sans honte, tu l'as tué, vite enterré, aussitôt oublié.

Il faut continuer la vie. Il est mort. Il n'est plus là. Moi, je suis encore avec vous. Pour vous. Uniquement pour vous.

Tu nous as à tous jeté un sort. Comment avons-nous pu te croire, te suivre, participer au deuxième meurtre de Hamid, vite l'oublier, vite l'écarter de nos mémoires ? Comment as-tu pu me transformer moi aussi, me faire devenir un dictateur comme toi, un sans-cœur comme toi ? Pourquoi m'as-tu empêché de vivre lui mort, rêver de lui mort ?

Dans la maison, c'était désormais toi et ta loi. Toi et tes décisions. Le champ était libre. L'homme n'existait plus. La femme allait tout reprendre, tout réécrire.

C'était bien sûr toi qui avais tout construit. Sans toi, il n'y aurait pas eu de Hamid. N'est-ce pas ? Tu l'avais sauvé. Tu lui avais même appris à marcher. C'est ce que tu disais. Et c'est ce qu'il n'a jamais cessé de répéter : tes ordres. Il le reconnaissait volontiers mais cela ne te suffisait pas. Il fallait plus de soumission de sa part. Chaque jour une nouvelle castration.

Après la mort, une deuxième mort. Occuper tout le terrain, tout l'espace de la mémoire. Pénétrer encore plus dans nos têtes, nous les enfants, laver nos cerveaux, y loger ta vérité, rien que ta vérité. Et tes mensonges.

« La maison de Hay Salam, c'est moi, moi, moi… Vous entendez ? Lui… Lui, il ne pensait qu'à la chose… Seule la chose le faisait tenir. Mais la maison, c'est moi, moi… Je l'ai construite sans lui, l'homme… Vous avez compris ? J'ai tout initié, tout préparé, tout porté. Le sable, le ciment, les briques, même les ouvriers, c'est moi qui allais les chercher, qui négociais avec eux. Lui, Hamid, il ne savait pas faire. Il savait fumer. Il savait faire la chose. Et voilà. Sans moi, il n'y aurait rien eu. Pas de toit. Sans moi, vous n'existez pas. Vous avez entendu ? Mettez mes paroles dans vos têtes. C'est la vérité. La seule. »

Tu étais notre mère, Malika, mais on ne t'aimait pas. On ne t'adorait pas comme les autres adoraient leur mère. Nous avons toujours été de son côté à lui, grand et tellement petit. Toi, tu n'avais pas besoin d'être consolée. Lui, oui, chaque jour, chaque nuit. Toi, tu étais forte, tu avais depuis très longtemps l'habitude de faire la forte. Lui, il n'était qu'un squelette ambulant, amoureux transi, doux même dans sa violence. Il n'existait que par et pour toi. Entre nous, on se disait que dès le premier jour de votre mariage tu l'avais fait mourir, tu l'avais tué : tu as ouvert tes jambes à lui et pendant qu'il entrait en toi tu lui as jeté un sort diabolique. Tu as récité tes formules infernales sur lui, sur son corps. Tu l'as condamné à toi, à tes odeurs, à ton vagin. C'était là qu'il voulait désormais vivre et tomber, s'endormir et rêver, jouir, crier, cesser d'être homme.

Pauvre Hamid ! Pauvre père !

Tu étais le paradis sur terre où il pouvait exister, soumis et vivant, un homme comme je n'en connaissais pas à l'époque. Depuis, en grandissant, en vieillissant, j'ai compris que beaucoup de maris au Maroc sont comme lui. Les femmes sont leur Mecque, leur Qibla, leur Allah. Ils ne le reconnaîtront jamais par les mots, la parole franche. Mais tout, dans le secret de leur cœur, n'aspire qu'à cela.

Qu'on leur prenne la main, qu'on prenne leur liberté, qu'on les guide, qu'on leur montre comment jouer à l'homme, à paraître homme devant les autres.

Il est parti, Hamid.

Tu es partie à ton tour, Malika.

Et j'en suis encore là, à ressasser ces images d'avant, vous deux, séparés, rapprochés, dans le théâtre quotidien, nous imposant vos soupirs, vos râles, vos orgasmes bruyants, impudiques.

On entendait tout. Et bien plus. Vous le saviez et vous n'aviez pas honte. Ni toi ni lui n'avez envisagé de vous cacher un peu, d'être discrets devant nous, de nous épargner les signes trop visibles, trop lisibles, de votre sexualité, de votre amour, de votre attachement maladif l'un à l'autre.

Lui, il était comme sur des nuages. Je comprends qu'il n'ait même pas pensé à faire le timide, le bon père sans verge devant nous. Il était malade de toi, foutu.

Mais toi, longtemps je me suis demandé pourquoi tu ne te cachais pas, pourquoi tu tenais tant à tout étaler devant nous. C'était calculé ? C'était ta manière de nous ensorceler à notre tour, par le spectacle de ta sexualité débordante ?

Pourquoi tu ne nous as pas protégés ?

Tu n'y pensais même pas ? Au Maroc, c'est comme ça, tout le monde sait tout sur tout le monde ?

C'est ta seule réponse.

Mais là, là où tu es maintenant, tu ne trouves pas de meilleure réponse. Tu t'en fous. Tu es morte. Et, de si loin, tu continues de t'en foutre de nous, de ce que nous devenons après toi, sans ta dictature.

Aujourd'hui, je suis jaloux de vous, toi et lui.

J'ai 40 ans et je suis devenu un jaloux calculateur et froid. Un jaloux aigri, un jaloux furieux. Je pense à toi et j'ai envie de crier, de me jeter sous un train, tellement la jalousie me frappe et me domine.

En toi qui le dominais complètement, Hamid avait trouvé le salut. Il était esclave, moins qu'un homme pour certains, mais un esclave heureux. Il te suivait. Il te cherchait. Il avait de la chance. Il t'avait trouvée, lui. Il avait trouvé le chemin. Vers toi. Tes ordres. Ta cruauté. Il aimait que tu lui dises : « Ferme ta gueule », « Mange », « Dors », « Va-t'en », « Ramène plus d'argent », « Pas de sexe ce mois, rien ».

Il s'exécutait chaque fois. Il obéissait sans discuter. Son amour pour toi le défendait malgré tout. Il semblait dire, à toi, à nous : « Malika est digne de mon amour. Elle est comme elle est. Je l'aime, je l'adore, je la vénère. Mêlez-vous de ce qui vous regarde et laissez les autres répéter encore et encore que je ne suis pas un homme. Je suis une femme. Oui. Je suis Hamid, la femme de Malika. »

J'avais honte alors. Je ne pouvais plus le voir, le considérer comme mon père. Sans larmes, je pleurais, je le pleurais.

Je sais maintenant qu'il avait raison, qu'il avait du courage, qu'il avait de la chance. Dans ce monde en guerre perpétuelle, en toi il avait un chef, un général, un roi, un sorcier puissant, juif sans doute.

Je suis plus que jaloux de ce père, de cet homme, de son bonheur et même de sa mort.

Il est mort quand un jour tu lui as signifié clairement, devant nous, que le sexe c'était fini. Fini.

« Plus de sexe pour toi, Hamid. Ni ce soir. Ni demain. Ni jamais. »

Il avait 65 ans.

Il n'a rien dit.

Il a regardé avec nous le nouvel épisode du feuilleton égyptien, jusqu'au bout, et il est parti.

Il n'est plus jamais revenu avec nous, parmi nous.

Tu n'es plus jamais allée le rejoindre en pleine nuit pendant que nous dormions.

Tu l'avais puni, exilé, tué.

Comme toujours, il a obéi.

Six mois après sa condamnation, il est mort. En pleine nuit. Seul. Dans son sommeil. En rêvant à toi, à ton sexe, tes seins, tes jambes, tes cheveux, ton sourire qui commande.

Sans jamais douter de toi, Malika, tu es allée jusqu'au bout.

Je t'admire, maman. Tu as su rester fidèle à tes principes. La cruauté comme règle du jeu, du monde. Oui c'est oui. Non c'est non. On ne discute pas. Exécutez.

Je suis plus que jaloux de lui.

Et, malheureusement pour moi, je suis comme toi. Exactement comme toi.

Je fais tout comme toi. Et je n'arrive à le voir vraiment, clairement, que depuis ton départ, ta mort. 2010.

Tu n'es plus là. Et tu es toujours là.

Malgré moi, en tout, je te ressemble.

Je veux être déchu comme lui, Hamid. Je suis froid et tranchant comme toi. Malin, calculateur, terrifiant parfois. Dans le cri, dans le pouvoir, dans la domination. Exactement comme toi.

Personne ne le voit vraiment. Sauf certains qui ont eu le malheur de croiser mon chemin, de partager mon lit, mon cœur, mon corps.

Face à l'autre, je vois enfin à quel point, de loin et pour toujours, tu me commandes. Tu m'as programmé. Tu as fait de moi la machine que je suis à présent.

Je ne suis ni homme ni femme.

Je suis toi, maman. Sans avoir tout ce que tu possédais comme pouvoir.

Briser, quitter, rompre, partir, terminer, effacer, c'est ce qui me donne le plus de plaisir depuis quelques années.

Au début, je croyais que c'était une force. Je peux arrêter une histoire qui ne me rapporte plus rien. Je peux du jour au lendemain quitter un homme que j'ai manipulé bien comme il faut pour qu'il tombe amoureux de moi. Je peux quitter un ami, rompre un lien, sans regrets ni remords. Je peux être seul. Seul. Je peux. Je peux... Là, à l'instant où je t'écris, je sais que ce n'est pas complètement vrai. Ce n'est qu'une fiction que tu as installée en moi et à laquelle chaque parcelle de mon corps, de mon être, continue malgré moi de croire fort. Fort.

Tu as mis cela dans l'air que je respirais à côté de toi, dans ma nourriture, dans mes slips et marcels.

Mais pourquoi moi, et pas les autres frères et sœurs ? Pourquoi ?

D'eux tous, je suis celui qui te ressemble le plus, qui a fini par observer à la lettre ta programmation.

Pourquoi moi ? Dis. Dis. Je sais que tu m'entends. Oui. Les morts ne sont ni sourds ni aveugles. Tu reçois mes messages. Tu entends ce que je dis, ce que j'écris. Je le sais. Alors réponds ! Réponds à ma question !

Pourquoi tu m'as choisi, moi, et pas Mourad ou bien Fatiha ? Pourquoi ? Parce que je suis homosexuel ? C'est cela ?

Je ne suis pourtant pas celui que tu as le plus aimé. Non. Ton fils aîné, Slimane, nous dépassait tous dans ton cœur. D'abord lui, puis nous. Le meilleur morceau de viande pour lui, les restes pour nous. Les prières ferventes, constantes, pour lui, presque rien pour nous.

Tu as tout adoré dans le corps de ton fils aîné. Tu l'as poussé fort, élevé haut. Tu as fait de lui un roi, un prophète qui n'avait nul besoin de parler : son message étant d'avance entendu, accepté, appliqué par nous tous. Devant ce grand frère, nous n'existions guère.

Tu as tout épargné, pardonné, à ce fils. Tu as même fermé les yeux quand tu as compris qu'il ne serait jamais réellement l'homme viril que tu voulais. Tu as continué à le favoriser, à le déifier. Tu avais espéré trouver ton salut comme femme grâce à lui. Encore plus de pouvoir. Mais cela ne s'est pas produit. Il t'a déçue. Nous le savions tous. Il n'a pas su suivre tes conseils, interpréter dans la réalité tes plans et tes ordres. Il s'est révélé craintif, terriblement timide devant les femmes. Il ne sait pas y faire avec les femmes. Il lui manque l'audace et la malignité nécessaires, il lui manque les gestes et l'inspiration. Tu lui as tout donné sauf ça. Alors il est devenu cette chose qu'il est encore aujourd'hui. Soumis à une autre femme que toi.

Tu n'es plus là pour le guider, sécher ses larmes, économiser de l'argent pour lui, au cas où. Tu n'es plus sa maîtresse, son mentor. Une autre femme a pris ta place. Sur lui, sur son corps, cette femme se venge de tout ce que le Maroc réserve comme sort cruel aux femmes. Slimane paie aujourd'hui cher, très cher, la lâcheté des autres hommes marocains. Chaque jour il s'enfonce un peu plus dans l'enfer du masochisme. Il aurait aimé que tu sois là pour le guérir un peu, le materner encore, bien qu'il ait dépassé la cinquantaine depuis plusieurs années déjà.

Nous aussi nous l'avons aimé follement, ce frère aîné. Ce Slimane. Sans jamais penser à remettre en question son statut, son aura, son silence, ce à quoi il avait si naturellement droit. Aujourd'hui, c'est fini. Dès que tu es morte, la révolte contre lui a commencé. On ne t'avait même pas encore enterrée qu'il n'était déjà plus le roi incontesté.

Ce sont les filles, mes sœurs, qui l'ont détrôné, qui ont osé lui parler avec le langage de la vérité crue. Je n'étais pas là pour assister à cette scène révolutionnaire. Mon avion n'était pas encore arrivé à Rabat. Mais on m'a tout raconté. On m'a dit comment les filles lui avaient crié dessus d'une seule voix :

« Tu n'auras pas ce à quoi nous avons droit, nous, par la loi. Ta part d'héritage, tu l'as déjà obtenue et gaspillée du vivant de Malika. Tu n'auras rien d'autre, Slimane. Rien. »

Je les admire, mes sœurs, et je leur baise les pieds. Je n'aurais pas osé, moi, lui parler comme ça, vrai, dur, révolté. J'aurais été encore pétrifié devant lui, impressionné par le silence qu'il m'impose dès qu'il apparaît. Je lui aurais pardonné. Je lui aurais tout offert, même ma part d'héritage. Il est le grand frère. Je suis le petit. Encore aujourd'hui dans un amour aveugle, infini, pour lui.

Tu n'as pas donné grand-chose à tes filles. Peu d'amour. Peu de solidarité. Peu de compréhension. Mais ce sont elles qui ont sauvé la situation, qui ont fait appliquer la justice : elles l'ont réclamée, elles l'ont fait exister. Et c'est seulement après cela, après ce geste violent et nécessaire, qu'elles sont allées s'occuper de ton corps, le préparer pour l'enterrement.

Elles ont tout dit au grand frère. Elles n'ont eu ni honte ni peur. D'un seul coup, elles étaient son égal. Mieux que lui. Elles parlaient. Il se taisait.

« Tu vas maintenant, MAINTENANT, chez toi et tu ramènes tous les papiers officiels importants que notre mère t'a confiés. Ils sont à nous, ces papiers. À NOUS. Sinon, on n'enterre pas ta mère. Tu as compris ? Tu veux qu'on te répète le message ? »

La femme de Slimane était là elle aussi. Elle a compris que, face à l'autorité soudaine qui émanait de mes sœurs, elle n'avait pas intérêt à intervenir. Ce n'était pas par solidarité féminine. Pas du tout. Comme ton fils aîné, sa femme était choquée. Elle avait tout prévu sauf cette révolte assumée, frontale, jusqu'au-boutiste. Elle n'a rien dit parce qu'elle a su très vite qu'elle n'avait plus rien à dire. Elle avait perdu.

Slimane a regardé les filles avec ses yeux des jours noirs. Il a cru une seconde que cela allait suffire pour casser le mouvement. Puis, au bout d'une trop longue minute durant laquelle ma sœur Fatiha s'est rapprochée de lui et l'a affronté sans jamais baisser le regard, il a dit :

« Demain… Je les ramène demain… »

Fatiha s'est rapprochée davantage de lui, l'a saisi par le col et lui a aboyé :

« *Daba*, Slimane… Maintenant, Slimane… *Daba*… »

Personne ne l'a sauvé, ton fils. Pas même moi. Personne ne l'a défendu. Personne n'a eu pitié de lui. Parce qu'il ne méritait rien de tout cela.

Les filles n'ont rien eu de ton vivant, Malika. Tu ne les as pas arrêtées dans leurs mouvements de vie, tu ne les as pas empêchées d'étudier ni de se marier avec qui elles voulaient. Mais elles n'ont jamais été ta priorité. Elles le savaient et elles ont fait avec, malgré la douleur légitime qu'elles éprouvaient, le manque terrible qu'elles ressentaient tout au fond de leur âme. Elles te le reprochaient parfois. Cela ne changeait en rien ton comportement vis-à-vis d'elles. Je crois que tu ne les aimais pas. Ta guerre à toi se passait loin d'elles, dans un durcissement continuel de ton cœur, dans l'oubli programmé des combats des autres femmes.

Seuls les hommes comptaient.

Seul lui, Slimane, fils premier, adoré, vénéré, comptait.

Le jour même de ton enterrement, ton corps encore chaud, il n'était déjà plus l'homme de la famille. Et, au fond, personne ne l'a jamais été, sauf toi.

Il a baissé la tête et, accompagné de sa femme, il est reparti chez lui chercher les titres de propriété que les filles exigeaient.

Savais-tu qu'elles allaient se transformer si radicalement ce jour-là ? Devenir enfin comme toi, oublier leur cœur s'il le fallait pour obtenir gain de cause ? Avais-tu prévu tout cela ?

Je crois que oui. Bien sûr que oui.

Elles n'ont laissé à personne le soin de laver ton corps. Guidées par une fille pieuse du quartier, elles ont exprimé leur solidarité profonde avec toi, avec ton âme. Elles t'ont rendu hommage.

Elles étaient toutes les six autour de ton corps. Concentrées et émues. Il ne manquait même pas la septième fille : Hafssa. Elle est morte il y a longtemps, alors qu'elle avait à peine 2 ans. Elles ne l'ont jamais oubliée, Hafssa. Moi, je ne la connais que par son très beau prénom et les souvenirs d'elle que tu partageais avec nous de temps en temps, d'une manière brève, sèche. Hafssa est venue elle aussi : de très loin, elle a fait le voyage, elle a fait comme ses sœurs, elle a lavé ton corps et elle a prié pour toi.

« Elle a rajeuni, ma mère. Elle n'a plus de rides sur le visage. Regardez. Regardez. Sa peau est devenue plus claire. On voit ses veines. C'est bleu. On voit l'intérieur en elle. Regardez. Regardez. C'est rouge, rouge. Elle est plus jeune que nous, ma mère. Elle dort. C'est tout. Elle dort. Elle ne va plus crier. »

C'est ta fille Samira qui parle ainsi de toi. Et je suis surpris, plus que surpris. Elle n'a pas peur de toi morte. Elle n'est saisie par aucun sentiment étrange, par aucun vertige. Tu es sa mère. Tu es morte. Dans une heure elle ne pourra plus te toucher, sentir physiquement le lien avec toi. Elle n'a absolument pas peur. Elle te regarde. Elle te voit comme elle ne t'a jamais vue. Elle met sa main sur ton visage. Elle dit « ma petite maman » et elle ne pleure pas. Comme les autres sœurs, elle reste concentrée, elle ne veut pas rater ce dernier moment vrai avec toi, elle ne veut pas gâcher ce rituel. Elle y met tout son cœur. Elle te pardonne, tout et tout. Elle le dit.

« Allah, elle a été notre mère, notre mère jusqu'au bout. Accepte-la comme elle est. Ne retiens pas le mal qu'elle a pu nous faire. Je lui pardonne. Nous lui pardonnons, toutes. Absolument toutes. Allah, elle a été une bonne mère, une bonne maman, une bonne épouse. Pas toujours, c'est vrai. Mais nous lui pardonnons. Nous lui pardonnons, Allah. Devant Toi, en ce moment grand, j'en témoigne, sincère et vraie. Pardonne-lui. Pardonne-lui. Pardonne-lui. Nous Te la confions, propre, pure, purifiée. Nous réclamons pour elle Ta générosité et Ta clémence. Et Ta miséricorde. Prends-la et aime-la et protège-la jusqu'au moment de la Dernière Rencontre... Priez avec moi, mes sœurs. Priez pour elle. Chantez avec moi, mes sœurs, pour elle. Et ne pleurez pas. Ne pleurez pas en ce jour de départ, en ce jour de mariage avec Dieu... Chantez... Chantez, mes sœurs... »

On m'a raconté que tes filles se sont alors mises à psalmodier la même prière, d'une manière belle, légère, pieuse.

Plus tard, après ton enterrement, c'était autre chose. Des jours et des nuits de larmes silencieuses, en colère, enragées. Dans le manque terrible. Dans la solitude terrifiante.

Moi, je n'ai pas pleuré. J'aurais aimé. Mais je n'ai pas pu.

J'ai appris la nouvelle par un SMS envoyé par mon petit frère Ali. « Notre mère est tombée après la rupture du jeûne. Hémorragie cérébrale. Appelle... »

J'ai appelé et appelé.

Je viens ? Je reste à Paris ?

Ne viens pas. C'est trop dur de la voir. Elle souffre. Elle est inconsciente et elle souffre. Ne viens pas.

Que faire de moi en ce mois d'août à Paris ? Où affronter la mort chaque jour un peu plus certaine ? Où fuir ?

Il fait chaud, terriblement. Je vais à la piscine de la rue de Pontoise deux fois par jour. J'y vais aux heures où je sais qu'elle sera presque vide.

Je plonge. Je crie dans l'eau. Je voyage dans l'eau, sous l'eau, envahi de l'intérieur par l'eau, avec toi.

Je suis plus que triste. Je suis en train de changer, de nouveau. D'autres révélations sur moi viennent. Je les vois venir. Je ne résiste surtout pas. Je suis (presque) nu dans l'eau bleue. Je vois du rouge parfois. Ton sang qui coule et coule encore. Une petite rivière souterraine, tout au fond de la piscine. Je m'en rapproche. Je veux qu'elle me traverse, cette rivière, qu'elle passe par ma peau, mes os, mes cellules. Mais dès que je la touche elle s'évapore. La rivière de ton sang se dilue dans l'eau de la piscine. Elle n'existe plus. Mais ce n'est pas possible, pas possible. Je crie dans l'eau. Je ne respire plus. C'est le grand désespoir. Je suis abandonné. De nouveau abandonné. Je ne m'apitoie pas sur moi-même. Je constate où j'en suis dans ce monde, dans cette vie et dans cette mort.

Maman, tu as disparu. Tu vas disparaître. Et on ne s'est rien dit. Je sais tout de toi. Tout. Mais tu ne sais pas l'essentiel sur moi, en moi. Tu ne sais pas ce que je veux que tu saches.

Je suis dans l'eau de la piscine et je veux y rester. Pendant toute une semaine, j'y vais chaque jour, deux fois par jour, pour me souvenir, mourir avec toi, comprendre petit à petit sans toi.

J'entends ta voix. Tu es partout et d'un coup nulle part.

Je ne te vois plus.

Je commence à t'en vouloir. Tu n'as pas le droit de partir, de mourir comme ça, sans moi.

Je t'en veux de plus en plus. Je ne suis pas comme ma sœur Samira, je n'ai pas de cœur tendre pour toi.

Je suis homosexuel. Tu m'as mis au monde homosexuel et tu as renoncé à moi.

C'est de ta faute, tout cela. Oui, entièrement de ta faute. Ce malheur interminable. Ces malentendus permanents. Ce sentiment que je ne peux pas exister vraiment quelque part. Pourtant, je suis toujours là, 40 ans, entre deux pays, la France et le Maroc, sans repère fixe, sans amour sûr, sans histoire légitime à moi et rien qu'à moi. Je suis perdu, depuis le départ, dans ton ventre déjà, en France encore plus que jamais.

Chaque matin je me renie. J'ouvre les yeux, je me rappelle que je suis homosexuel. J'ai beau avoir fait tout un travail pour m'accepter, me laver des insultes, j'ai beau me répéter depuis des années que j'ai le droit de vivre libre, vivre digne, vivre vivre, rien n'y fait : cette peau homosexuelle que le monde m'a imposée est plus forte que moi, plus dure, plus tenace. Cette peau, c'est ma vérité au-delà de moi. Je ne l'accepte pas complètement mais je sais que je n'existe que par elle, malgré mes multiples tentatives d'évasion, d'émancipation.

Tu es morte, Malika.

Je suis homosexuel. Plus homosexuel que jamais maintenant.

C'est comme si l'enfer intime que j'ai vécu jusque-là en tant qu'homosexuel n'était rien.

Tu es partie. Et je comprends enfin que, même loin de toi, ton existence me protégeait d'une certaine vérité.

La vérité ultime. L'enfer au sens propre.

Ce n'est qu'à partir du moment où tu es devenue une âme, rien qu'une âme, que j'ai eu la révélation de ma vraie existence, ma vraie nature.

Avant, je pensais et je vivais en pensant à moi en tant qu'homosexuel. À présent, vraiment seul dans le monde, sans aucune protection, je ne pense plus, je vois qui je suis. Homosexuel. Il n'y a plus de filtre. Je vois mon destin. Et je vois que plus rien n'arrêtera l'inéluctable. La mort dans la solitude absolue. Avec un cœur dur, fermé, de plus en plus sec. Un cœur dictateur.

C'est ce que j'ai été jusque-là. Jusqu'à ta mort.

Ceux qui m'ont aimé ces dix dernières années, je les ai détruits. Ils m'ont amusé un temps, puis, intraitable, j'ai déclenché pour chacun d'eux un système de destruction. Je les quittais après leur avoir fait goûter un peu au paradis. Je les oubliais, d'un coup. Je les fuyais, du jour au lendemain. Ils n'étaient plus soudain à la hauteur. Ils avaient beau essayé de me retenir, pleurer, supplier, je ne revenais jamais sur ma décision de me séparer d'eux. J'avais tout fait pour qu'ils tombent, ces hommes. Maintenant : Ciao ! Je ne vous aime plus. Je ne suis plus à vous et mon cœur n'a jamais été complètement à vous. Ce n'est pas la peine de verser ces larmes, de vous plaindre. Vomissez-moi. Haïssez-moi. Maudissez-moi. Tuez-moi. Faites ce que vous voulez… Je ne reviendrai pas. Je suis loin, déjà. Je suis loin de vous, loin de tout, loin même de moi.

Je revenais à ce cœur égoïste que tu m'as donné, Malika. Et, crois-le ou pas, cela me soulageait chaque fois. Partir. Quitter. Rompre. Casser le lien. Ne rien laisser à l'autre. Retourner à la case départ. Seul. Avec mon cœur terrible, terrifiant.

Avec le temps, surtout en France, terminer une relation, briser mon couple, jeter par terre l'autre, l'amour, me donnait une jouissance rare. Par ma propre volonté, je me retrouvais plus seul que jamais. Plus personne pour m'emprisonner avec ses sentiments pour moi, avec son affection et son sexe. J'étais seul et dur. Seul et seul.

J'avais l'impression que j'existais enfin, dans ce plaisir pervers, dans cette solitude déterminée, dans le rapprochement avec toi, maman, avec ce que j'ai appris de toi. Être impitoyable.

Tu ne voulais pas de moi. Tu avais l'intention de me tuer. Et pourtant, de tous tes enfants, je suis celui qui te ressemble le plus. J'ai exactement le même cœur que toi.

J'ai ton cœur. C'est tout ce qu'il me reste jusqu'à la mort.

Tu m'as raconté tellement de fois le rêve de ton fils aîné, Slimane.

Tu étais enceinte de moi. Tu croyais que j'étais une fille. Sûrement une fille. Tu en avais déjà six, de filles. Pas une autre. À quoi bon souffrir encore une fois, neuf mois, pour mettre au monde une fille, une septième fille ? Non et non ! Celles que tu avais autour de toi ne te satisfaisaient plus. Que des déceptions avec les filles !

J'étais dans ton ventre. Deux mois. Trois mois. Tu n'as rien dit aux autres, et surtout pas au père, Hamid. Tu n'as révélé ton secret qu'à Slimane. Et tu lui as dit que tu allais te débarrasser de moi. Tu avais besoin de son aide pour cela. Il était d'accord pour commettre ce crime.

D'abord, endormir le fœtus que j'étais dans ton ventre. Arrêter sa croissance.

Ensuite, dans le hammam du quartier, boire un breuvage sorcier qui me fera sortir de ton ventre. Je viendrai au monde mort, une fille en devenir née morte. Je ne sentirai rien de la chaleur de ce monde, je ne prendrai avec moi comme souvenir que l'enfer du hamac.

Je sortirai de ton vagin. Tu me feras glisser avec des coups brefs de jets d'eau jusqu'à l'évier central du hamac où, mélangé à la saleté des corps, je disparaîtrai définitivement.

Personne ne s'apercevra de rien.

Naître. Mourir. Mourir encore un peu plus. Enterré dans les égouts.

À peu de chose près, Malika, tu aurais pu ne jamais savoir que tu te trompais.

J'étais de sexe masculin.

Tu avais tout planifié. Tuer un fœtus. C'était une affaire simple, facile.

Ton sorcier t'a donné lui aussi un coup de main. Il t'a appris un chant à psalmodier durant la préparation du breuvage. Un chant pour te protéger, toi. Car, après tout, c'était une vie que tu allais perdre, arrêter, sacrifier. Ce chant t'aiderait à t'endurcir, à penser à autre chose. Ce n'est rien, juste une petite âme qui part, qui revient à Dieu. Ce n'était certainement pas ta faute. Le sorcier te l'a dit et redit. Tu n'avais pas besoin de lui pour être convaincue. Tu savais ce que tu faisais. Tu ne voulais pas d'une autre fille. Tout sauf une autre fille.

Pas de regrets. Pas de remords. Le crime assumé jusqu'au bout.

J'avais à peine quatre mois dans ton ventre. J'entendais tout. Et peut-être même que je te soutenais moi aussi.

Vas-y, tue-moi, tue-moi, libère-moi, je suis une fille, tu as raison, et je ne mérite pas de venir au monde. À quoi bon ! Tu as plus que raison. Finissons-en là, tout de suite, avant que ça ne devienne une tragédie plus grande. Vas-y, maman, tue-moi. Je ne veux déjà plus vivre. Courage, courage, bois ton breuvage sorcier, maléfique, diabolique : je glisserai sans crier entre tes jambes, j'irai me perdre là où tu ne me verras plus, là où tu ne me sentiras plus, là où tu n'auras plus à penser à moi et à cette question : est-ce une fille ou bien un garçon ?

Je suis une fille. Débarrasse-toi de moi. Épargne-moi la vie et ses injustices. Vas-y, coupe déjà ce qui nous lie. Arrête la croissance de cette chose inutile en toi, ce mensonge en toi. Cet obstacle et cette douleur vains en toi.

Tu m'as entendu, Malika. Tu as bien reçu le message. Je le sais. J'ai aujourd'hui encore en moi les traces de ce passé-là, de ce pacte entre toi et moi.

Tout allait bien. Dans le secret absolu, ton plan marchait comme il fallait.

Mais, la veille d'aller au hammam, ton fils aîné, Slimane, a fait un rêve, un cauchemar.

Voilà ce qu'il a vu dans la nuit, à quelques centimètres de toi. C'est toi qui me l'as racontée, cette vision atroce. Elle est devenue depuis une légende dans la famille.

Slimane est dans la forêt de la Maâmora, à la sortie de notre ville, Salé. Il fait très beau. Il s'apprête à aller courir, à faire son jogging hebdomadaire. D'autres hommes sont là aussi, pour la même chose. Il entend soudain un bruit lointain. Un bébé crie, fort, de plus en plus fort. Il se tourne vers les hommes pour leur demander leur avis, ce qu'il faut faire. Il n'y a plus personne. Ils ont tous disparu. Désintégrés. Il n'y a plus que la forêt, le silence et le bébé qui crie, toujours plus fort. Slimane a peur. Mais il sait qu'il faut faire quelque chose. Aller vers le bébé.

Il avance dans la direction des cris, mais il se rend vite compte qu'il s'est trompé. Il rebrousse chemin. Il écoute attentivement. Les cris sont à peine audibles à présent. Il ferme les yeux. Il compte jusqu'à sept. Il les rouvre. Il fait nuit noire. Il a peur. Il est saisi d'une crise de panique monumentale. Il a envie de crier pour la repousser. Il le fait. Tremblant, il lance un grand cri.

Le bébé se remet à crier très fort. Slimane est rassuré. Dans le noir absolu de la forêt, il se laisse guider. Il va vers le cri. Il est dans la bonne direction.

Il marche longtemps. Il a l'impression que le monde n'est plus le monde. Il est ailleurs, en dehors de nous, de la terre. Un monde obscur et infernal. Bientôt englouti par un soleil complètement noir, en fin de vie lui aussi.

Il a très peur, Slimane. Ce qui lui passe par la tête et ce qu'il ressent, dans ce rêve et dans cette forêt, affole son cœur qui commence à battre très fort. Il n'y a plus désormais que le cri du bébé qui peut le rassurer, le sauver. Il faut qu'il le trouve, ce bébé. Il le faut.

« Je ne vois rien et je cours, maman. Seul, je vais vers le bruit, je vais vers la fin du monde, vers la mort, ma mort. La mort. Et je me mets à pleurer. À pleurer sans cesse. À pleurer jusqu'à maintenant, après le réveil. »

Ce sont les mots de Slimane. Durant plusieurs années il les a répétés maintes fois devant toi. Et, fondant d'une tendresse absolue pour lui, tu me les as répétés à moi aussi. Je les connais par cœur, malgré moi. Je n'arriverai jamais à les oublier, à les effacer de mon monde intérieur.

Cette course et ce cauchemar ont duré toute une nuit, toute une vie.

Soudain, un petit feu. Une femme. Le bébé.

Slimane s'arrête. Regarde. Il rêve… Non, ce qu'il voit n'est pas un rêve. C'est vrai. C'est en train de se passer. Un cauchemar bien réel. Un meurtre.

Il se rapproche davantage. Encore un peu plus. La femme se rend compte de sa présence. Sans lever la tête, elle lui dit :

« Enfin tu es là ! Je ne pouvais pas le faire sans toi. Sans témoin. Sans ton aide, mon fils. Viens, viens plus près de moi et tiens bien la tête du bébé. Il faut le sacrifier. On doit. Viens. Viens. N'aie pas peur… »

C'était toi, maman.

« C'est toi, maman ? »

Tu ne lèves pas la tête vers lui, tu ne réponds pas à sa question.

Il sait que c'est toi. Il avance un peu plus vers toi. Il te reconnaît avec certitude maintenant. Il voit que tu mets un doigt sur la bouche du bébé, qui s'arrête aussitôt de crier : il a fini de résister, il se rend, il s'abandonne, il veut mourir, il est d'accord.

Tu tends le bras vers ton fils aîné, tu le ramènes vers toi, tu le fais asseoir, tu lui indiques ce qu'il faut faire.

Il est hypnotisé. Il s'exécute sans rien dire.

« C'est comme ça… On n'a pas le choix… Tiens-le bien… Et ne ferme surtout pas les yeux… »

Il regarde le bébé.

« C'est un garçon, maman. Regarde. Regarde bien… C'est un garçon… »

Tu sors de je ne sais où un grand couteau bien aiguisé.

« Je sais, Slimane… Je sais… »

À sa manière, il essaie de te convaincre de renoncer à ton crime.

« Il est à nous… C'est le bébé en toi, maman… Le garçon en toi… Tu ne le sais pas… Tu ne le sais pas ? »

Tu ne réponds pas.

D'un coup déterminé tu tranches la gorge du bébé.

Et tu disparais.

Il reste seul avec le bébé qui est en train de mourir. Le sang coule de lui sans interruption. Même mort, le sang ne veut pas s'arrêter de sortir de son petit corps.

Ce garçon, c'était moi. C'était facile à comprendre, à interpréter.

Tu t'apprêtais à me tuer.

Le rêve de Slimane m'a sauvé.

Je n'étais pas une fille. Il fallait donc me garder. Un deuxième garçon te donnerait un peu plus de pouvoir, c'est sûr. Je devenais d'un coup précieux à tes yeux, une marchandise importante.

Tu avais six filles et un seul garçon. Tu en aurais bientôt un deuxième. C'était bien, ça, c'était bien pour tes affaires et ta politique. Le rêve de Slimane ne pouvait être que juste, vrai. Tu devais donc annuler tes projets. Ne pas me tuer au hammam du quartier.

Tu as pris ton fils aîné dans tes bras et tu lui as dit :

« Tu as la baraka en toi, Slimane. Ton rêve est une vision, un message. Je te crois. Je te crois. On ne le tue plus. C'est un garçon. Un garçon comme toi… Ne le dis à personne… »

J'ai toujours été jaloux de Slimane et du couple infernal que jusqu'au bout tu as formé avec lui.

J'étais un garçon. Il avait raison. Mais je n'étais pas comme lui. Chaque fois que son regard se posait sur moi, il me le signifiait.

« Je n'aurais jamais dû te sauver. J'aurais dû la laisser nous débarrasser de toi une fois pour toutes, avant même que tu ne viennes au monde… Comme je le regrette… »

Tu m'as raconté le rêve de ton fils aîné je ne sais combien de fois.

Pendant des années et des années j'ai été reconnaissant, à toi, à lui. Maintenant que tu es morte je suis de nouveau en colère. Contre toi et contre lui. Contre le monde entier.

Je suis dans le rêve de ton fils. Je crie dans la forêt.

Comme toi, je suis un criminel. Pédé et criminel.

Pédé, seul et criminel.

Dans ce monde soudain vide, je ne sais plus quoi faire de moi ni comment remplir les heures, les jours, les saisons. Je veux tout arrêter. Même arrêter ce métier que j'adore : enseignant. Je veux revenir à côté de ta tombe et continuer de crier. Et peut-être cracher.

Tu n'as aimé que lui.

Le grand frère. Le plus beau. Le plus fort. Le plus instruit. Celui qui est digne d'être aimé, adoré, vénéré, déifié. Celui qui règne parmi nous sans avoir besoin de parler. Son pouvoir est dans son silence. Un silence d'abord romantique, fascinant, puis terrifiant, insoutenable et méprisable avec les années.

Tout pour Slimane. Rien pour nous. Rien pour moi.

Que faire à présent sur cette terre sans toi ? Qu'est-ce que je dois entreprendre pour exister enfin, me libérer enfin, de toi, des complexes en moi qui me ramènent sans cesse en arrière, à ton corps, à la nuit dans la forêt ?

L'oubli finira par arriver, ils disent. L'oubli me sauvera, persistent-ils à me répéter sans jamais réussir à me convaincre.

Voilà cinq ans que tu es morte. Voilà vingt ans que le père est mort. Et je n'ai rien oublié. J'ai 40 ans. Je comprends tout. Je vois tout. Ce qui me condamne et me condamnera jusqu'à la fin. Et le psychiatre qui me parle à chaque séance de l'oubli involontaire, salvateur, qui vient ne fait que me réciter les leçons qu'il a apprises par cœur dans les livres de Sigmund Freud et de Jacques Lacan. Ce n'est pas pour moi. Ce n'est pas lui qui me guérira. Et encore moins Freud.

Ceux qui sont comme moi aujourd'hui, je les croise ici à Paris depuis mon arrivée. Ils viennent eux aussi du Maroc ou bien des pays d'à côté. Ils sont homosexuels. Ils ont désormais presque 60 ans et ils disent que la France les a sauvés. Cela me fait rire à l'intérieur chaque fois que je les entends parler ainsi de la France qui émancipe et donne les clés indispensables à la liberté. Des foutaises ! Rien que des foutaises, tout ce langage. Les pédés arabes qui cherchent un abri en France sont traités de la même manière que les autres émigrés. Une case préparée pour eux depuis plusieurs décennies, plusieurs siècles, les y attend, les y enferme. Pour être acceptés des Français, ils parlent leur langage théorique, abstrait, fumeux. Avec les années qui passent, vite, ils n'osent plus nuancer leur parole, y mettre quelque chose de ce qu'ils sont au fond, de la première terre où ils ont tout appris de la vie. Ils sont intégrés. Ils sont acceptés. Ils sont libres. Ils le disent et le redisent. Ils peuvent tromper les autres, les Français, avec ces affirmations. Pas moi. Surtout pas moi qui vais, qui marche à Paris sur le même chemin qu'eux. Comme eux j'ai été d'abord un excitant et exotique objet sexuel en France. Je ne le suis plus. J'ai 40 ans. Je suis vieux, fini, asséché, déjà.

En ces hommes marocains exilés, je vois mon avenir social. En les contemplant je regrette déjà certains de mes choix. Et en les examinant chaque jour un peu plus je deviens plus dur que je ne l'étais déjà, dès le départ. Un cœur dur. Comme le tien, ma mère. Je suis homosexuel et je fonctionne comme toi. Je te le répète. Là où tu es, je te le crie. Je leur ressemble physiquement de plus en plus, à ces homos arabes vieillissants. Et je ne sais pas si je dois l'accepter.

Tu m'entends, Malika ?

Le salut n'est nulle part. Tu aurais dû me dire cette vérité quand j'étais petit accroché à toi au lieu de faire comme tout le monde la parfaite hypocrite : Allah par-ci, Allah par-là.

Tu aurais dû me dire : « Un jour tu seras encore plus seul que maintenant. Un jour tu seras amené pour de vrai à faire la guerre. »

Tu ne l'as pas fait. Tu n'as rien dit de salutaire, Malika. Tu m'as juste tout entier imprégné de tes mises en scène et de ta dictature.

Là-bas, dans une clinique de Rabat, tu es en train de partir. Ils sont tous autour de toi, les deux fils, les six filles.

Il n'y a que moi qui manque.

J'attends qu'on me dise de prendre vite le premier avion pour le Maroc :

Elle est morte.

J'attends et l'attente n'en finit pas.

Chaque jour je respecte le rituel : aller deux fois à la piscine de la rue de Pontoise. Tout au fond du monde, tout au fond de l'eau, lever la tête, voir les corps flottants des autres, innocents, inconscients. Et moi, les yeux rouges, j'ouvre ma bouche. Je crie. Je recommence. Encore et encore. Sans satisfaction. Aucune.

Tu vas mourir pour de vrai d'un jour à l'autre. D'un moment à l'autre.

C'est désormais une certitude. C'est ce qu'on me dit au téléphone.

« Prends tes billets d'avion. »

Je n'ai pas envie.

Dans la piscine, je ne crie plus. J'ouvre grand la bouche et je laisse entrer l'eau.

Attends-moi, Malika.

AOÛT 2015

Je n'ai plus la force. Je n'ai plus envie ni de vivre ni de prendre l'avion. J'arrête ici, moi aussi. À quoi bon ! Je pars moi aussi. Le même jour que toi...

Donne-moi la main !

S'il te plaît...

Ton fils Ahmed

Juillet 2010

Cher Ahmed,

J'en suis sûr, tu m'as complètement oublié. Et c'est cela qui m'autorise à t'écrire aujourd'hui. Trois ans après. Je n'ai plus rien à craindre. Je m'en suis sorti, je crois, de l'amour fou, invraisemblable, que j'avais pour toi. Je ne te hais plus. Je ne suis plus animé par le désir de vengeance. Je veux renouer. Je désire vraiment et sincèrement te retrouver. Recommencer. Oui, recommencer malgré tout ce que tu m'as fait. Le paradis et l'enfer le même jour. Je veux plus que jamais réaliser tous ces rêves que nous avons faits toi et moi en marchant dans les rues de Paris.

Tu te souviens ?

Bien sûr que non.

Vincent. C'est mon prénom. Vincent de Caen, avec des petites lunettes rondes. Mince, trop mince. Portant la barbe. 45 ans à l'époque de notre rencontre.

C'est moi. Tu te rappelles ? Oui ? Non ? Tu me retrouves dans ta mémoire ? Fais un effort : je ne peux pas avoir complètement disparu en toi.

Où es-tu à présent, Ahmed ? Je veux dire : où en es-tu à présent dans ta vie et dans ton cœur ? Es-tu encore romantique comme tu l'as si bien été ce jour-là ? Romantique et un peu fou ? J'ai bien compris, après que tu m'as abandonné, que tu n'étais pas que romantique et fou. Tu étais aussi un dur, un petit bonhomme qui jouait la fragilité à la perfection.

Tu m'as fait voir les étoiles en plein jour. Le lendemain, tu m'as lâché. Tu n'es pas venu. Et je n'avais aucun moyen de te joindre, de te retrouver, de te dire ce que, durant toute la nuit, j'avais préparé pour toi. Mes histoires. Mon histoire. Ça devait être mon jour, ce deuxième jour. Le jour où j'allais dépasser ma timidité maladive, mon éternel côté coincé, et me présenter un peu à toi, te révéler des choses. Et surtout, surtout, prononcer ces mots devant toi : Je t'aime.

Je t'aime, Ahmed.

J'en étais plus que certain. Mon amour pour toi a été immédiat. Je n'ai même pas pensé à résister, à me protéger. Dans tes yeux, j'avais trouvé ce que je cherchais depuis très longtemps. Je t'ai suivi. J'ai marché sur ton chemin à Paris. Je ne me demandais pas si cela avait du sens, ou pas, de suivre un inconnu, un émigré, un Arabe, un musulman. Je voyais clairement que tu étais aussi tout cela, ces mots, ces adjectifs, et je suis tombé amoureux de toi aussi vite parce que tu étais tout cela. Tellement différent de moi.

Tu savais ce qui se passait en moi. Tu le voyais très bien. Je me laissais guider, prendre par la main. Tu me poussais, tu me dirigeais. Je n'avais aucun mal à aller à côté de toi, dans ton univers, dans cette force d'imaginaire qui émanait de toi.

Tu savais y faire. Je ne voyais pas le danger. Je connaissais tout de l'amour, de ses malheurs, à travers les livres. *Adolphe*, *Les Égarements du cœur et de l'esprit*, les *Lettres* de Mme de Sévigné et tant d'autres. Devant toi, toute cette culture ne servait plus à rien. Ni Benjamin Constant ni Crébillon fils ne pouvaient m'aider.

Je te voyais en ange. Un ange malin certes, mais pas comme le diable que tu es devenu après, le lendemain, dans ton absence.

Tu n'es pas venu.

J'avais échangé mon billet de train pour rester une journée supplémentaire à Paris. Pour toi. Pour toi.

J'ai vite compris que tu n'allais pas venir. Je suis resté pourtant toute la journée dans le lieu où tu m'avais donné rendez-vous. Le café La Vielleuse, à la sortie du métro Belleville. J'y ai pris le petit déjeuner, le déjeuner et le dîner.

Je m'accrochais à une illusion, à plusieurs illusions.

Je ne pouvais tout simplement pas partir, quitter ce lieu, bouger, réfléchir à autre chose qu'à toi et au miracle de ta réapparition.

J'avais entre les mains le livre que tu aimais le plus dans la littérature française. *Les Lettres portugaises*. Tu avais dit : « De tout ce que la France a produit comme livres, c'est le seul que je prendrai avec moi au ciel. » Cela m'avait beaucoup impressionné, non pas le livre mais l'idée de ce livre pour t'accompagner dans la mort. Je ne l'avais pas lu. Cela t'avait plus que surpris. « Mais c'est considéré comme un classique en France », tu avais répondu, très étonné. Je ne le savais pas. Et de quoi parlait-il, ce livre ? « Mais, de l'amour, bien sûr... L'amour... De quoi la France est-elle encore capable mieux que les autres ?... C'est tout ce qu'il vous reste... » Cela nous avait fait rire. J'aimais ton impertinence. J'aimais que tu ne te sentes pas écrasé par la France et sa culture. Le lendemain, *Les Lettres portugaises* entre les mains, je ne riais plus et je ne savais plus comment interpréter toutes les histoires que tu avais partagées avec moi la veille.

J'aurais dû ouvrir ce livre à ce moment-là. Cela m'aurait donné un signe, fourni une aide pour saisir ce qui m'arrivait avec toi. Je ne l'ai pas fait. Je n'ai osé le faire que des mois plus tard.

Une religieuse portugaise du XVIIe siècle cède aux avances insistantes d'un chevalier français. Aussitôt tombée, ce dernier l'abandonne. Il n'est plus intéressé. Elle lui écrit alors cinq lettres où elle se plaint, lui rappelle les moments de leur amour et le supplie de revenir la sauver. Dans le livre, il n'y a que ses lettres à elle. Lui, on n'aura jamais sa version, on ne saura jamais s'il a vraiment existé ou bien si la religieuse n'a écrit ces lettres que pour un être imaginaire.

Ton message était clair. Tu te doutais bien que j'allais me précipiter dans la première librairie pour acheter ce livre, découvrir ce que tu y aimais et y retrouver des choses de toi. Juste avant mon abandon.

La veille, je croyais avoir tout vu, tout deviné en toi. Mais pas ce Ahmed capable de cruauté pure. Ce Marocain qui, sur moi, dans mon cœur, se vengerait de je ne sais quel passé tourmenté. Je me disais que c'était un miracle de t'avoir connu sur mon chemin de retour du Maroc (je te raconterai plus tard ce voyage). Il y avait du sens dans tes yeux, de la tendresse infinie dans mes mains qui ont osé te retenir, t'empêcher de sortir du métro alors qu'il était arrêté à la station Gare-d'Austerlitz. J'ai touché ton épaule de ma main droite. Tu t'es retourné : tu souriais. J'ai alors pris ta main droite dans ma main gauche et j'ai serré fort, trop fort.

Au café La Vielleuse j'ai essayé pendant de longues heures de retrouver en moi cette énergie et cette force de la première fois où je t'ai touché, pris en moi, la première fois où je t'ai communiqué ma chaleur tout en souhaitant me fondre complètement dans la tienne. Je n'osais pas encore te maudire, te traiter de tous les noms, te fracasser, t'anéantir dans mon cœur pour me rendre finalement compte que j'étais désormais, et pour toujours, hanté par toi et par le peu de toi que tu m'avais offert.

Tu savais que tu allais disparaître. Ne plus jamais te manifester. Tu savais dans quel malheur tu me jetais puisque tu connaissais si bien *Les Lettres portugaises*. Tu te donnais tout au long de cette première journée avec moi dans l'errance et, en même temps, tu te dérobais. Mais je ne le voyais pas. Je ne voyais rien. Encore secoué par le voyage triste que je venais de faire dans ton pays, le Maroc, j'étais plus aveugle que jamais. Si naïf devant toi qui avais si bien la maîtrise de l'art de la mise en scène, de la manipulation et de la tromperie.

Je me suis révélé à toi. Je ne me connaissais pas aussi hardi. Tomber si vite. Suivre l'autre si vite. Me débarrasser de ma culture et de mes prudences aussi vite.

Je voyais l'amour devant moi, incarné si merveilleusement en toi. Ton corps. Ta peau. Ta démarche. Ton jeu. Ta volonté.

Je ne doutais pas. Et aujourd'hui encore, après toutes ces années, je ne doute toujours pas de ton cœur. Tu m'aimais toi aussi ce jour-là. Tu m'aimais. J'en suis convaincu. On ne peut pas partager avec un étranger autant de soi, autant de secrets, sans avoir un peu de sentiments tendres pour lui. C'est impossible. Impossible.

Tu m'as confié des moments de ta vie avec une sincérité absolue. Ton enfance pauvre au Maroc, à Salé. Les humiliations interminables à cause de ton homosexualité. La rage de réussir. Donner sens à la vie et à la solitude par la réussite. Tu m'as dit que tu n'étais rien en France, pour les Français, mais que cela ne diminuait pas ta force, ton ambition.

À t'entendre parler ainsi j'aurais pu croire que tu parlais de moi. J'avais vécu la même chose, survécu par la détermination et le rêve d'une carrière professionnelle. Je l'ai dit. Et j'ai vu alors les larmes monter dans tes yeux. Cela m'a ému, tellement, tellement. Je n'avais pas de larmes, moi. Depuis des années je n'arrivais plus à pleurer. Mais pas toi. Par ton émotion, par ta fraternité, je le faisais : j'ai pleuré par et avec tes larmes à toi.

On était alors au café Victor Hugo à Clichy. Avant que tu me laisses dans ce territoire des Marocains à Paris pour aller faire une course, nous avons pris deux thés noirs. Il n'y avait autour de nous que des hommes arabes d'un certain âge : des émigrés au bout de leur vie en Occident, sans doute. Au milieu d'eux, après avoir pleuré, tu as pris mes mains dans les tiennes. Sans hésiter. Sans avoir peur. Les hommes voyaient tout et ne disaient rien. Puis tu t'es penché vers moi et tu as dit :

« Je crois qu'il se passe quelque chose en moi… de… »

Tu n'as pas terminé ta phrase. J'avais compris. Et au lieu de te répondre, dire ce que tu venais de suggérer, je me suis contenté de sourire. Je croyais que cela était plus que suffisant à ce moment-là.

Je les ai regrettés, ce silence, ce sourire. J'aurais dû parler, me déclarer, avancer comme tu venais de le faire. Dire l'amour. Déjà. Franchement.

La pudeur et mon éducation m'en ont empêché.

Après que tu m'as dit tes mots doux, tu t'es levé. Il était temps pour toi d'aller faire ce que tu avais à faire.

« Je reviens dans trente minutes, maximum. »

Je ne savais rien de cette course mais j'avais confiance.

Je t'ai attendu au café Victor Hugo en buvant lentement mon deuxième thé noir et en revivant déjà, au ralenti, tout ce que je venais de vivre et de connaître avec toi.

J'étais dans le métro ligne 3 quand tu y es monté à la station République. Dans le carré de quatre sièges tu t'es assis en face de moi. La rame était bondée. Je n'ai pas vraiment fait tout de suite attention à toi. J'avais bien noté que quelqu'un s'était assis en face de moi mais je n'avais pas cherché à savoir qui c'était.

J'ai levé les yeux. Tu me regardais. Tu me regardais depuis un bon moment.

C'est toi qui as pris la première décision : venir vers moi. Me séduire. Me prendre.

Pourquoi ?

Je ne le saurai jamais puisque je n'ai même pas pensé à te poser la question quand tu étais avec moi, puis dans mes bras.

Troublé, épouvanté, catastrophé, n'osant pas t'affronter, j'ai baissé la tête et j'ai regardé ma montre.

Il était exactement 11 h 32 du matin.

Au lieu de revenir à tes yeux, je t'ai cherché dans le reflet de toi que je pouvais voir sur les vitres. Tu me regardais toujours fixement. Tu avais l'air si déterminé et si tendre à la fois, si beau et si maigre. Tes mains. Elles m'attiraient. Grandes. Longs doigts. Mains tellement fortes, je l'ai découvert plus tard. J'ai eu envie de les toucher, tes mains, de m'offrir à elles comme un chat en manque de caresses, comme un malade devant une guérisseuse.

Bien sûr, tu voyais que j'avais mordu à l'hameçon. Tu as cessé alors de me regarder. Tu t'es offert à moi, à mes yeux qui n'en demandaient pas autant.

Quelque chose de différent se lisait sur ton visage à ce moment-là. Tu étais moins beau, moins présent, moins royal. On aurait dit quelqu'un d'autre, ton frère, ton cousin peut-être. Il se dégageait alors de toi un mélange de tristesse et de lassitude. J'ai cru un moment que tu t'étais endormi, tes paupières donnaient l'impression d'être sur le point de sombrer, d'abandonner. Je crois que c'est à cet instant précis que je suis tombé amoureux de toi, fou amoureux de toi. Sans te demander ton autorisation, je voulais te prendre dans mes bras, caresser lentement tes cheveux frisés, te consoler comme on console un petit enfant perdu : « Ça passera, n'aie pas peur, ça passera... Je suis là, tu peux t'oublier avec moi... Tu peux me faire confiance... Je serai toujours là... Dors sur mon épaule si tu veux... Dors... Je veille sur toi. »

C'est ça mon idée de l'amour. Je te l'ai dit plus tard, au lit. Sauver quelqu'un de ce monde qui broie les êtres. Sauver un cœur. Lui donner entièrement le mien. Le supporter et le soutenir quoi qu'il arrive.

Après cette révélation, tu as ri et tu as dit :

« Oh, c'est romantique, on dirait un film égyptien. »

Comme je ne savais pas vraiment comment prendre cette remarque, tu as ajouté :

« C'est un compliment. »

Cela m'a fait plaisir sans complètement dissiper la petite crainte que je venais de ressentir.

J'aurais dû me méfier à ce moment-là, commencer à me protéger. Je n'y ai pas du tout pensé. Comment aurais-je pu le faire ? Tout en moi avait cédé. On était dans le lit, tu avais pris le pouvoir, le contrôle. Tu pouvais faire de moi ce que tu voulais.

Dans le métro, alors que je continuais de t'admirer silencieusement, j'ai remarqué aussi autre chose : une cicatrice énorme sur le majeur de ta main droite. Une cicatrice vieille et belle. On aurait dit le nid, le lit, d'une rivière asséchée. Attiré plus que jamais, je me suis promis de te questionner longuement sur cette cicatrice. Que tu me dises tout et qu'à travers elle je pénètre un peu plus dans ce que tu es et le monde que tu portes en toi.

Je n'ai pas eu cette occasion. Mais l'image de cette cicatrice est encore vivace dans ma mémoire : elle continue de m'appeler, de me dire de ne pas t'oublier malgré tout ce que tu m'as fait, de t'aimer, toi, de vous aimer tous les deux, toi et la cicatrice.

Je crois, j'en suis même sûr, que c'est cette cicatrice qui m'a convaincu dans le métro qu'il fallait être courageux, aller vers toi, répondre à tes yeux, ne pas laisser la vie t'enlever à moi.

Il fallait te garder, maintenant que tu étais entré dans mon cœur et mon corps pour toujours.

On arrivait à la station Saint-Lazare. Tu t'es levé et tu t'es dirigé vers la porte.

Je t'ai laissé quitter le carré des quatre sièges. Sans me jeter un regard. Tu t'es faufilé au milieu des corps des passagers qui, comme toi, se précipitaient vers la sortie.

Je ne te voyais plus.

La rame s'est arrêtée.

Quelqu'un a ouvert la porte.

Que faire ? Que faire ?

J'ai attrapé ma valise et je t'ai suivi.

Sur le quai, j'ai osé. J'ai tendu ma main vers ta main et je l'ai prise sans rien te demander.

Cela ne t'a pas surpris. Tu as continué à marcher et moi avec toi. Ce n'est qu'au bout de dix interminables secondes que tu as serré ma main.

Ton énergie dépassait la mienne. Ta main me le disait clairement et cela ne m'a pas fait peur. J'ai pensé : C'est normal, il est plus jeune que moi, 28 ans peut-être.

On a marché ainsi dans le métro jusqu'à un couloir vide. Entièrement vide.

Tu t'es arrêté. Je me suis arrêté. J'ai déposé la valise par terre et je t'ai pris fort dans mes bras.

Je n'avais jamais osé auparavant faire ce genre de gestes de théâtre. Mais c'était sincère et je voyais que tu savais que ça l'était.

Tu ne doutais pas de moi. Tes mains avaient fini par m'enlacer.

Nous sommes restés ainsi, collés l'un à l'autre, dans la découverte de nos deux corps. Dans cette délicieuse première fois. Sans parler. Pas besoin de mots. Ils ne servent de toute façon parfois à rien, les mots, ils n'arrivent jamais à exprimer l'essentiel, ce qu'on a envie vraiment de partager, de révéler à l'autre, au monde. Il n'y avait que le silence entre nous deux, dans ce geste tellement incroyable, cette embrassade depuis trop longtemps tant attendue. Je te prenais en moi, dans le noir, sans être effrayé, guidé par l'odeur de ton corps que je découvrais et que j'ai immédiatement adorée.

Je ne sais pas combien de temps on est restés ainsi. Une éternité, sans doute, durant laquelle je suis revenu au tout premier souvenir de moi dans la vie, au premier désir d'amour et de sexe.

Tu as fait alors un autre geste, très fort : tu as ouvert ton manteau et tu m'as laissé me rapprocher un peu plus de toi, de ton corps, de ta peau, de tes poils.

J'avais l'impression qu'on faisait l'amour, pour de vrai.

Tu savais y faire. Tu savais guider. Tu savais jusqu'où aller. Tu savais donner l'illusion d'être tout entier à l'autre. Pas de fausse timidité. Pas de pose inutile non plus. Le moment était là. Tu étais à la hauteur d'une manière tellement sincère. Tu avais répondu à ma main et à mon corps : j'en étais plus que reconnaissant et j'attendais la suite avec joie et excitation. Ce qui allait venir avec toi ne pouvait être qu'heureux, béni, beau. Je n'en doutais pas une seule seconde. Et aujourd'hui encore, écrivant cette lettre, je suis toujours dans la confiance avec toi, toi à ce moment-là, bras ouverts, bras fermés, chaleureux et libre dans le couloir sinistre du métro. Ce que tu as fait après, le lendemain, vient de quelqu'un d'autre. Un autre Ahmed. Un Ahmed capable de blesser, de laisser tomber, de faire du mal sans jamais se sentir coupable ni redevable.

J'ai tourné tout cela dans ma tête des jours et des années. Ton mystère. J'ai compris des choses. J'en ai accepté d'autres. Je t'ai maudit je ne sais combien de fois. Je te tuais le matin et l'après-midi je te ressuscitais. Je te lançais des regards noirs, mauvais, cruels, et, quelques secondes plus tard, je me rendais compte que je ne pourrais jamais, jamais, tuer, effacer le moment entre toi et moi dans le métro, dans le couloir sombre, dans un autre temps. La beauté de ce moment, rien ne pourra l'écraser, l'anéantir : elle est encore en moi, palpitante de vie, notre beauté à toi et moi complètement bouleversés.

J'ai oublié vers où je devais aller et je t'ai suivi.

Nous avons pris la ligne 13, direction Gennevilliers. Nous nous sommes arrêtés à la station Mairie-de-Clichy. Tu m'as laissé au café Victor Hugo et tu es allé faire ta course.

Dans le métro, tu m'avais dit que tu allais au Little Morocco. Comme je ne connaissais pas ce coin, tu m'as expliqué que tu venais d'inventer l'expression pour désigner ce quartier de la porte de Clichy où, effectivement, vivent beaucoup d'émigrés d'origine marocaine. Tu m'as dit que là-bas il y avait des petites sociétés de transport qui faisaient chaque jour la navette entre Paris et plusieurs villes marocaines. Tu envoyais régulièrement des produits français à tes sœurs au Maroc. Ce jour-là, c'étaient des médicaments que tu allais expédier. De ton gros cartable, tu as sorti un sac et tu l'as ouvert devant moi : il était rempli de médicaments. Tu me les as tous montrés. Je me souviens des noms, des emballages.

Il y avait là plusieurs boîtes de Doliprane, du Maxilase, des anxiolytiques, des crèmes pour les mains, des pansements, de la Betadine, des gouttes pour les yeux, du calcium, du magnésium, de l'Auréomycine, des bougies parfumantes, des huiles essentielles, du dentifrice, du shampooing... Une véritable pharmacie ambulante.

« Il y a là-dedans pour au moins 300 euros de médicaments. Tous les six mois, je leur envoie tout cela. Mes sœurs pensent que les médicaments fabriqués en France sont de meilleure qualité que ceux qu'on trouve au Maroc. »

C'est ce que tu as dit pour répondre à mon étonnement. Et quand je t'ai demandé si tu pensais la même chose que tes sœurs, tu as ri.

« Mais oui, bien sûr. Les médicaments, c'est ce qu'il y a de meilleur en France. »

J'ai ri moi aussi. Cela te faisait plaisir, cette complicité. Et tu as ajouté :

« Je suis sérieux, hyper sérieux. Le goût des médicaments en France n'a pas d'équivalent. Si un jour je quitte ce pays, ce sont ses médicaments qui me manqueront le plus. »

J'ai ri alors encore plus fort. Et toi aussi.

J'aurais dû te poser à ce moment-là ces deux questions, qui ne me sont venues à l'esprit que des mois plus tard : Et tu comptes un jour quitter la France ? Tu ne te plais pas ici ?

Je ne pouvais pas deviner ce qui allait se passer quelques heures après, le lendemain : moi bloqué à Belleville, au café La Vielleuse, attendant une journée entière un second miracle.

Devant tant de remèdes pour toutes sortes de maladies, j'ai été encore plus attendri par toi. Je trouvais ce geste incroyablement émouvant : acheter pour des gens que tu aimes, tes sœurs, leurs médicaments préférés.

« Mes sœurs ne veulent rien d'autre de la France… Que ces produits chimiques… »

Nous avons ri longtemps. Et je souriais encore tout seul en t'attendant au café Victor Hugo puis, le lendemain, au café La Vielleuse.

Je t'attendais. Je ne pouvais pas faire autrement. Je n'avais plus que cela comme présent et comme avenir.

Tu es revenu la première fois. Et tu as dit :

« Je sais que tu n'es pas de Paris. Tu es juste de passage. On ne peut pas aller, toi et moi, dans mon appartement… C'est compliqué… Compliqué… On va à l'hôtel… »

Ce n'était pas une invitation. C'était un ordre. Une évidence. À quoi bon parler plus, se séduire plus, raconter d'autres choses de nos vies ?

J'ai aimé cette urgence soudaine et je me réjouissais d'avance de ce qui allait suivre.

« On reste à Clichy... On trouvera un hôtel ici... Cela te va ? »

Bien sûr. Tout m'allait. Tout paraissait comme par avance écrit. Et je n'ai absolument pas pensé à te suggérer de ralentir la cadence, de prendre un peu plus de temps. Résister semblait aussi une idée très étrange.

« On va marcher sur le boulevard ici, juste à côté. Et c'est toi qui choisiras l'hôtel. D'accord ? »

Il n'y en avait pas tant que cela, des hôtels, dans le coin. Nous avons pris le premier qu'on a trouvé.

Je me souviens que, devant le réceptionniste, tu m'as laissé tout régler. Tu étais soudain devenu très timide. Je voulais te demander de m'expliquer ce changement mais, une fois dans la chambre, j'ai vite oublié. Tu t'es jeté sur le lit. Et tu as tendu les bras vers moi.

Le sexe n'a pas été génial. Tu ne bandais pas vraiment. Et ce n'était absolument pas grave. On n'est pas allés jusqu'au bout. On s'est regardés droit dans les yeux, assez longuement. Je n'ai pas cessé de caresser tes cheveux et ton visage. Puis on s'est endormis. Toi avant moi.

Cela m'a bouleversé, cette confiance sincère envers moi qui se dégageait de toi.

Tu dormais dans mes bras.

Il dort dans mes bras. Il dort dans mes bras. Il dort dans mes bras.

Je n'ai à aucun moment douté de la réalité de ce moment : je pouvais te toucher, je pouvais sentir ton odeur et je pouvais tout enregistrer de toi sans aucune résistance de ta part.

J'ai compris à ce moment-là que le destin existait et qu'il fallait donc que je te raconte l'histoire de mon père qui, comme toi, venait du Maroc.

Il fallait aussi que je te révèle d'où je revenais, où j'avais passé les cinq derniers jours avant de te rencontrer dans le métro.

J'étais au Maroc. Je revenais du Maroc. J'avais enfin visité la ville de mon père. Meknès.

Là-bas, j'avais rempli une mission. Accompli un rite. Voyagé dans un autre temps.

Il fallait te raconter tout cela. Oui. Oui. J'avais hâte.

J'ai commencé alors à construire dans ma tête le récit tout en continuant à te regarder.

Quand je me suis réveillé, il faisait noir et tu n'étais plus à côté de moi.

Je n'ai pas paniqué.

Tu étais entré dans ma vie pour toujours, j'en étais sûr. Tu étais là, encore, juste à côté, quelque part. Sans me voir, tu allais me faire un signe.

« Je suis dans la baignoire… Je prends un bain… Viens… *Ajji*… Viens… »

Ajji. J'avais entendu ce mot arabe à plusieurs reprises durant mon voyage au Maroc, sans le comprendre. À présent, je le vivais, ce mot, avec toi, par toi. Et tout, dans mon corps, voulait répondre non pas en français mais en arabe.

« Comment dit-on en arabe “J'arrive” ?

– *Ana jay.* »

J'ai vite retenu ces mots et j'ai essayé de les prononcer comme toi, sans complètement réussir.

Je me suis levé. Et j'ai parlé comme toi, par ta voix :

« *Ana jay.* »

Étais-je ensorcelé ? M'avais-tu jeté un sort puissant pendant que je dormais ?

J'avais l'impression, en me dirigeant vers la salle de bains, qu'une grande partie de moi-même était désormais sous ton contrôle. Comme dans ce film que j'adore depuis tout petit : *Cat People* de Jacques Tourneur. Et, encore une fois, aucune résistance ne m'a traversé l'esprit.

Ana jay.

Le sujet et le verbe. Je n'avais pas besoin d'explication. Je savais intuitivement que « *ana* » était « je » et « *jay* » « arrive ».

Dans la baignoire, tu m'as invité à jouer comme deux petits enfants. Et, très vite, on s'est mis à se masturber en se regardant de nouveau droit dans les yeux.

Tu as dit :

« *Ana.* »

J'ai dit comme toi :

« *Ana.* »

Tu as continué :

« *Ana enta.* »

J'avais besoin d'aide. Tu as recommencé. Tu as prononcé « *Ana* » et tu t'es désigné du doigt. Et en disant « *enta* » tu m'as désigné du doigt, moi.

« *Enta* » c'était moi. Tu. Toi.

« *Ana enta* » : je... Tu... Toi...

J'ai cessé de me masturber et j'ai pris un peu de temps pour bien déchiffrer le message.

Tu l'as répété :

« *Ana enta.* »

Tu as continué à te masturber tout en le répétant. Tu me regardais et tu n'avais absolument pas honte.

Ana enta. Ana enta. Ana enta.

Soudain, c'était clair.

Je suis toi.

Il fallait que je réponde par la même chose.

Alors je n'ai pas hésité. J'ai repris la masturbation et, encore plus excité, j'ai dit exactement comme toi, tes mots. Moi, en arabe.

« *Ana enta.* »

Ana enta.

Je parlais arabe. La langue de mon père, qu'il nous avait toujours cachée. Et j'allais d'un moment à l'autre jouir, exploser de jouissance, dans cette langue d'origine.

À vrai dire, tout cela n'était plus du sexe. C'était autre chose que je ne pouvais pas vraiment définir sur le moment. Plus tard, j'aurais tout le temps de revenir sur ce que je ressentais alors et essayer de comprendre enfin.

En face de toi dans la baignoire, dans le vertige et la confusion, délicieusement je me suis abandonné, ensorcelé ou pas, de mon plein gré j'ai cédé. Je t'ai donné les clés. Tu étais bien plus jeune que moi mais tu semblais connaître mieux que moi les secrets du corps et comment les partager.

Tu savais ce que tu faisais. Tu savais dans quel paradis tu me faisais entrer. Et tu savais me conduire jusqu'à ce monde où je n'étais plus moi, où je ne parlais plus la langue du présent mais celle d'un passé jusque-là inintéressant.

Tu m'as aimé. J'en suis sûr.

Tu m'as pris en toi, tu m'as gardé en toi en partant. Et je suis toujours quelque part dans ta mémoire, ton corps, ton cœur.

Le lendemain, tu n'es pas venu au café La Vielleuse. Je suis tombé de haut. J'ai souffert. J'ai pleuré. J'ai maudit la vie qui t'avait offert à moi un jour et presque une nuit, puis m'avait si cruellement, si rapidement, privé de toi.

J'ai erré. Après toi. J'ai arrêté de parler. Sauf à mon père qui était en train de mourir. Lui, juste en me regardant, il a tout saisi.

« Comment il s'appelle ? il a dit.

– Ahmed, mon père. Ahmed. Il est marocain comme toi. »

Dans la nuit que j'ai passée à l'hôtel, j'avais tout planifié : ma vie désormais avec toi, jusqu'au bout. Il n'y avait même pas l'ombre d'un doute. Te présenter à mon père, vous regarder tous les deux parler en arabe. Laisser le reste arriver de lui-même. Aucune crainte. L'avenir était à nous. Deux. À nous.

Tu n'es pas venu.

Mon père est mort.

Et je ne t'ai jamais raconté ce que je faisais au Maroc, à Meknès, juste avant de tomber sur toi, devant toi. Je me suis dit à plusieurs reprises que c'était peut-être là la faute que j'avais commise. Ne pas avoir partagé avec toi ce voyage dès le début de notre rencontre. Ne pas t'avoir raconté cette mission dans ton pays et celui de mon père. J'aurais dû te dire que mon père venait du même pays que toi. Cela t'aurait sans doute touché. Tu aurais vu le lien entre nous encore plus fort. « C'est évident, c'est écrit, tu aurais dit toi aussi. Bien sûr. Nous sommes faits l'un pour l'autre. »

C'est cela mon erreur. Je voulais te surprendre plus tard avec ce secret. Te le révéler au bon moment.

Tu as fui loin de moi, loin de nous, loin de ce qui était si bien préparé. Tu as disparu.

Je n'ai fait que rêver ? Peut-être.

Dans l'espoir et l'attente, au café La Vielleuse, j'ai imaginé la suite, cette fusion entre nous fictive, puis réelle, tellement réelle. Et j'ai commencé à raconter. À toi absent, présent. Au vide. J'étais sûr que parler ainsi, seul, allait te ramener. Tu allais de nouveau réapparaître. Je ne te ferais aucun reproche, je te pardonnerais volontiers ton retard et j'écouterais sans te juger tes explications, tes mensonges.

J'étais au Maroc pour mon père. Il partait petit à petit de ce monde. Sa santé se dégradait. Il voulait toucher une dernière fois la terre où il était né, où il avait tout appris de la vie.

Meknès.

Je savais qu'il était juif marocain de cette ville. Il ne s'en cachait pas. Mais, en même temps, il n'en parlait quasiment jamais. Il ne m'a rien transmis de ce passé-là, de cette origine, de ce monde. Je suis juif par lui, d'une certaine façon, mais sans réelles racines.

Mon père a laissé sa femme, notre mère, tout diriger à sa place. Mon imaginaire, c'est d'abord elle et sa famille bourgeoise à elle.

Mon père n'appelait pas ma mère par son prénom, Monique. Non. Il l'appelait comme nous, ses trois garçons : maman.

C'est bien après la mort de maman que le passé marocain très lointain de mon père a refait surface.

Maman parlait tout le temps. Même en son absence, sa voix forte, belle, un peu masculine, nous guidait et nous donnait des ordres.

Après elle, sans elle, comment survivre ?

Ni mon père, ni mes frères, ni moi n'avons su nous habituer à la vie vide de notre mère. Tout était devenu sans goût, sans intensité, sans beauté.

Mon père voulait mourir lui aussi, la rejoindre, mais il lui a fallu dix ans pour y arriver.

Il avait 74 ans quand elle est partie. Il a vendu le très grand appartement de Caen où nous avons tous vécu durant des années et des années. Il a partagé entre mes frères et moi l'argent de la vente, les économies à la banque et les quelques actions qu'il possédait. Et il s'est acheté un studio de trente mètres carrés où il a vécu jusqu'à la fin. « Ce studio, c'est comme la chambre à Meknès. » Il ne cessait de dire et de redire cette phrase, cette comparaison.

Petit à petit, il m'a raconté sa première vie, son enfance dans le mellah de Meknès. Ses parents. Ses tantes. Ses oncles. La petite maison. La nourriture. Les nuits interminables. La rivalité entre les villes de Meknès et de Fès. Les bêtises. La terre là-bas. Le ciel là-bas. La folie. L'hiver, l'été. Les bagarres. Les possédés. La poésie violente, trop violente, entre les gens. Il a dit que la maison se trouvait juste à côté d'une école élémentaire.

Écoute, Ahmed. Écoute-moi bien. Tout cela est pour toi. Écoute.

Mon père était fils unique. Il avait reçu tout l'amour du monde de ses parents.

« Il y a des années et des années, tout l'amour du monde était dans les bras de mon père et dans les yeux verts de ma mère. Je n'ai pas oublié. Je ne les ai pas oubliés. Il y a trop longtemps qu'ils ont disparu d'un coup. Ils sont partis je ne sais où et ils ne sont pas revenus. Les gens disaient qu'ils m'avaient abandonné. Ce n'est pas vrai. Ce n'est pas vrai… Je les vois encore, ils viennent dans mes rêves, dans mes gestes, dans ma voix. Ma respiration. Je ne les ai pas oubliés. Je ne les ai pas oubliés. C'est impossible. »

Mon père disait cela et il se mettait à pleurer. Pleurer comme un enfant désespéré qui a faim.

J'allais vers lui et je le prenais dans mes bras. Il pleurait davantage alors, de très longues minutes. Rien ne pouvait le consoler. Rien ne pouvait lui faire du bien. Mes bras n'étaient pas les bras de maman, Monique, ni ceux de ses parents.

Il avait peur, mon père. Il allait mourir sans avoir résolu l'énigme de la disparition de ses propres parents. Nous, ses trois garçons, n'étions plus soudain suffisants pour remplir la vie pour lui, son quotidien, ses rêves, ses projections. Il était au bout. Il avait des regrets, qu'il ne partageait pas mais que j'ai fini par deviner.

Il venait d'un monde juif qu'il avait laissé de côté, qu'il n'avait pas mis en nous. Il avait laissé le champ libre à Monique pour occuper tout l'espace, tout diriger.

Nous ne savions pas où exactement tout avait commencé. Ce territoire où, avec le temps et l'éloignement, il avait tout laissé se dessécher. Il était juif. Il l'avait caché pour je ne sais quelle raison. À présent, c'était la fin, tout revenait, toute l'enfance voulait revivre, exploser, s'imposer. Le petit garçon orphelin en lui désirait régler les comptes avant que ce soit trop tard.

Qu'as-tu fait de moi ? Pourquoi m'as-tu tué toi aussi ?

Il ne s'appelait pas Marc, mon père. Au tout début, à Meknès, il portait un autre prénom.

Mardochi.

Le jour où il me l'a révélé, j'ai pleuré comme je ne l'avais jamais fait de toute ma vie. Je ne pouvais pas regretter la judaïcité puisque je ne ressentais rien en moi de cette histoire, de cette religion. Maman, de famille catholique, avait tout écrit pour nous dans notre imaginaire et notre réservoir spirituel.

En revanche, découvrir le vrai prénom de mon père a été un des plus grands chocs de ma vie.

Mardochi. À travers ce mot étrange, inconnu, prononcé par mon père, j'ai ressenti soudain un petit, tout petit lien avec ce monde lointain, une nostalgie pour une culture jusque-là complètement ignorée.

Je suis le fils de Mardochi. C'est ce que j'ai commencé à me dire dans ma tête, Ahmed. Je suis le fils de Mardochi. Je suis le fils de Mardochi le Juif.

Ma décision de partir en voyage au Maroc a été prise à ce moment-là, devant la révélation de ce prénom. Il fallait emmener mon père à Meknès. Cela semblait soudain naturel, évident. Obligatoire.

Je le lui ai proposé.

Il a répondu :

« Non, non. Jamais. »

Je n'ai pas insisté. Sans justification de sa part, j'ai compris et accepté ce refus catégorique. Il était trop tard pour retourner. Le monde n'était plus le même monde. À quoi bon revenir pour sans le vouloir détruire des souvenirs précieux ? À quoi bon confronter les images sacrées du passé à la réalité du présent ?

« Tu devrais y aller, toi, Vincent. Tu me raconteras par les mots. Pas de photos. Et, surtout, tu me ramènes avec toi un peu de la terre de mon premier monde. »

Je ne pouvais pas dire non à une pareille demande.

C'était il y a trois ans.

Quand je t'ai rencontré, Ahmed, j'avais avec moi, dans ma valise, un petit sac rempli de la terre de Meknès. J'étais heureux et triste à la fois. J'avais accompli la mission que m'avait confiée mon père mais j'avais une triste nouvelle à lui donner. La maison de son enfance n'existait plus. Elle avait été détruite et remplacée dans les années 80 par un immeuble de quatre étages.

Je te regardais dans le métro, Ahmed. Je fondais pour toi et je savais que c'était avec toi que j'allais partager tout cela. Ce passé juif qui remontait. Ce voyage au Maroc. Cette terre de mon père heureuse, malheureuse, violente, mythifiée.

Je t'ai touché. Tu m'as touché. Et j'ai su que tu comprendrais, que tu comprenais déjà, tous ces bouleversements qui m'envahissaient sans cesse.

Pourquoi je n'ai rien dit ? Pourquoi je ne me suis pas imposé ? Au lieu de te laisser prendre le contrôle entier de la situation, j'aurais dû t'envahir moi aussi, te révéler tout, partager tout, dire tout de mes sentiments et de mon voyage au Maroc… J'aurais dû… J'aurais dû faire comme maman le dictateur.

Mardochi est mort six mois après notre rencontre. Il m'a laissé inconsolé, inconsolable, et amoureux d'un passé juif que je n'ai toujours pas fini de découvrir. C'est mon passé à moi aussi désormais. Et le Maroc, quelque part, le début de tout.

Tu aurais pu, Ahmed, être celui avec qui j'allais reconstruire en harmonie, en paix, ce passé. Tu as choisi l'inverse. Tu as ouvert la porte pour moi et tu l'as refermée aussitôt.

Je suis naïf. Je ne renonce pas. Cette lettre est pour te séduire de nouveau. Me remettre, me replacer dans tes yeux.

Souviens-toi, Ahmed, de tout ce qu'on a ressenti l'un à côté de l'autre dans l'hôtel de Clichy… Je ne peux pas croire que tu jouais. Non. Tu ne jouais pas. J'ai vu la vérité. J'ai embrassé la vérité. Mon avenir. Notre avenir. J'ai presque 50 ans. Dans quelques années, ce sera la fin, la mort pour moi aussi. Il y a encore dans mon cœur une énergie jeune et un désir tout aussi jeune. Vivre. Aimer. Jouir. Baiser. Toi en moi. Moi en toi.

Je n'ai rencontré personne.

Je ne t'ai pas oublié.

À aucun moment.

Tu dois revenir.

Tu dois, tu dois, Ahmed.

Sans l'avoir jamais vu, je crois que tu connais mieux que moi mon père. Reviens !

À la toute fin, une chanson juive marocaine lui est revenue de sa mère. *Hak A Mama*. Il la chantait très doucement, et il s'endormait.

Ce sont les seules fois où je l'ai entendu prononcer des mots en arabe. Une autre personne était alors devant moi, loin de la France, de sa réalité, de sa politique et de son histoire. Lui : tout petit garçon dans son mellah, dans son ghetto et dans son paradis perdu.

Il est parti, mon père. Il est mort. Et la chanson *Hak A Mama* est restée. Un jour, j'ai essayé de la trouver sur YouTube. J'ai découvert alors le nom de la chanteuse : Zahra el-Fassiya. Et j'ai pleuré à chaudes larmes en regardant une vidéo tournée à la fin de sa vie. Elle est en Israël, à Ashkelon, où elle est morte complètement oubliée après avoir été une grande star au Maroc dans la première moitié du XXe siècle. Elle est dans son salon marocain, tellement marocain. Il y a à côté d'elle une très grande photo du roi Mohammed V et un homme qui joue du luth. Elle chante, Zahra el-Fassiya, durant plusieurs minutes. Le son n'est pas bon. Mais c'est justement à cause de cela que l'émotion est grande dans cette vidéo. C'est le son d'une autre époque. D'un autre monde. Zahra est en train de partir, de dire au revoir en chantant. Elle est grosse. Tellement blanche. Et sur sa tête elle a mis une couronne en or qu'elle a dû apporter avec elle de Fès.

Qu'est-ce que je fais là, en Israël ? Pourquoi j'ai quitté le Maroc où j'étais une star, un mythe ? Pourquoi le désir de venir ici, en Israël, m'engloutir dans l'oubli était-il à ce point-là fort en moi ? Où suis-je ? Où suis-je ?

Elle est exactement dans le même état que mon père à la fin. Sans pays. Sans réelles racines. Emportée par la vie qui a filé si vite, broyée par le monde qui l'a adulée, oubliée, et impitoyablement est en train de la pousser à en finir.

Elle est exactement dans le même état que moi tandis que je t'écris cette lettre, Ahmed. Je meurs et, seul, je résiste.

Il y avait l'amour. Ton amour. Je le reprends. Je le reprends en moi et, plus fort que jamais, je te le renvoie.

Regarde. Regarde. Regarde, Ahmed.

Écoute comme moi, avec moi, Zahra el-Fassiya. Et s'il faut mourir, alors partons à deux de ce monde, sans avoir rien écrit. Mourons vite toi et moi, vite, dans la même extase, celle de mon père enfant en train de tomber, celle de la chanteuse juive qui n'en peut plus de supporter le poids de l'oubli, celle de mon corps et de ton corps qui se reconnaissent merveilleusement dans l'hôtel de Clichy.

Prends ma main, Ahmed. Je t'en supplie. Prends-la. Emmène-nous loin d'ici, de ce point de non-rencontre, de cette frontière où tu m'as laissé. C'est notre dernière chance. Tu ne le vois pas ?

Je suis là. Je n'ai rien pardonné. Je ne me suis pas apaisé. La colère est là. Exactement là. Attente interminable au café La Vielleuse.

Le monde a changé ce jour-là.

Tu n'es pas venu.

Je suis toujours amoureux.

Je veux mourir amoureux.

Des années plus tard, il est encore là, ce désir. Cet amour. Cette mort.

Viens, Ahmed. Tu t'es assez caché comme ça. Viens. À moi. À toi. À cette chanson du Maroc chantée, pleurée en Israël.

Viens. Viens. Le monde, la terre, le ciel et la mer t'attendent comme moi. On n'en peut plus. Viens. Viens écrire avec moi. Dormir avec moi. Tuer le monde qui nous sépare. Tuer la vie sèche, noire.

Viens, Ahmed. Viens…

Tu viens…

Je n'ai plus la force d'écrire… Cela ne sert plus à rien d'écrire…

Viens… Ahmed…

Viens…

Vincent

Juillet 2005

Cher Emmanuel,

Ma décision est prise. Cette nuit, dans le lit à côté de toi, j'ai vu clair. Je sais maintenant ce que je dois faire.

Je sors de toi et je sors de cette langue que je ne supporte plus.

Je ne veux plus parler français. J'arrête de fréquenter cette langue. Je ne l'aime pas. Je ne l'aime plus. Elle non plus ne m'aime plus.

J'ai 30 ans. Je te connais depuis treize ans. Et là, maintenant, je n'en peux plus. Je ne veux plus vivre dans ton ombre. Je ne veux plus être guidé par toi, faire les choses selon toi. Être bien comme il faut : un Parisien comme les Parisiens, pas trop arabe pour toi et pour ton monde, pas trop musulman, pas trop de là-bas.

J'en ai marre. De toi et de tout ce que tu m'as inculqué. De tout ce que tu m'as imposé et que je n'ai jamais osé remettre en question. Et là, là, j'ai envie de tout foutre en l'air, de tout piétiner, de tout brûler et d'aller ensuite me jeter à la mer. J'ai envie de tout, absolument tout, quitter. Te laisser seul pourrir dans ton monde propre et bien rangé. Aller ailleurs sans toi et sans ton regard sur moi. Sans ta bienveillance, qui, j'ai fini par le comprendre, n'en a jamais été une. J'ai la ferme intention de me venger, de te faire du mal, non seulement de te tuer en moi, mais encore de faire en sorte de ne plus jamais, jamais, marcher là où tu m'as dit de marcher, là où tu m'as fait croire que nous étions deux, égaux et partenaires, alors que tout avait été décidé par toi seul.

Je t'écris. Tu es encore dans le lit. Il est presque cinq heures du matin. Dans une heure tu vas te réveiller. Tu vas essayer de nouveau de régner. Dans une heure, ce sera foutu pour toi. Alors, avant que l'amour ne me dise de redevenir raisonnable, ne m'attendrisse malgré moi, je rédige cette lettre et je te maudis et je te tue.

Je n'ai qu'une heure devant moi pour m'affranchir.

Au Maroc, sur la place publique de Salé, tu m'as abordé : « Il est où le saint des fous, ici ? On m'a dit qu'il n'était pas loin de la plage… »

J'avais 17 ans.

Tu parlais en français.

Et cela a suffi pour que je tombe instantanément amoureux de toi.

C'étaient les derniers jours du mois de mai. Il faisait trop chaud. J'étais là avec deux copains pour préparer les examens du baccalauréat qui devaient avoir lieu dans trois semaines.

La plage était vide. Je la parcourais dans tous les sens pour apprendre par cœur les matières, les leçons. Et j'aimais faire cela : apprendre par cœur. Mémoriser. Augmenter ma capacité à enregistrer en moi les mots, les informations, les citations, les formules et les théories mathématiques.

Quand tu es revenu, deux mois plus tard, c'est la première chose que tu as détruite en moi.

« Apprendre par cœur, c'est dépassé. Cela ne sert à rien. Il vaudrait mieux que tu développes ta capacité de raisonner, de réfléchir, de critiquer. »

J'étais complètement impressionné par toi. J'ai dit oui. À tout ce qui sortait de ta bouche. Sans savoir que c'était mon arrêt de mort que j'étais en train de signer.

Je ne savais pas. Je ne savais pas.

Tu étais plus âgé que moi. Au lieu de me protéger, de me réconcilier avec mon monde, tu m'en as détourné. Pire : tu as imposé ta vérité comme unique vérité valable.

Je ne savais pas. J'étais pauvre. Je te voyais comme riche, important, tellement plus important que moi.

Je ne savais rien.

J'ai continué de sourire. J'étais heureux : un homme à moi, tout à moi, français en plus.

J'ai ouvert mon cœur naïf à tout ce que tu proposais. À tout ce que, avec douceur, déterminé, tu imposais.

À ta première question sur le saint des fous, j'ai répondu d'un geste qui indiquait où il était. Derrière le cimetière.

Tu as fait semblant de ne pas comprendre. Tu m'as regardé très gentiment. Il y avait du miel pur dans tes yeux.

« Tu parles français ? »

J'ai hésité. Répondre par oui, cela signifiait avoir les mots pour faire parfaitement la conversation en français avec toi. Je n'en étais pas capable. J'avais honte. Aujourd'hui, je sais que je n'aurais pas dû avoir honte.

« Non... Mon français n'a pas bon. »

Tu m'as corrigé tout de suite :

« "Mon français n'*est* pas bon..." C'est le verbe "être" qu'il faut utiliser ici... et non pas "avoir"... »

Ce que tu disais était très simple. Je le comprenais très bien. Mais j'étais impressionné quand même. Ta manière de dire les choses, les phrases... C'était chic. Très chic. Je me sentais à la fois honoré et écrasé par ce que tu disais. Et je ne voulais pas te montrer mes faiblesses. Alors, au lieu de répondre, j'ai gardé le silence et j'ai voulu partir.

De ta main, tu as pris ma main. Je me suis arrêté. Mon visage était devenu rouge. J'avais plus que honte.

Les copains nous regardaient. J'ai vite retiré ma main. Et cela m'a fait très mal. Je n'avais plus ta main, elle me manquait.

Mes yeux étaient baissés.

« Tu viens avec moi ? Tu viens me montrer le chemin jusqu'au saint des fous ? »

De la tête j'ai dit oui. Et j'ai ajouté :

« Sidi ben Acher. »

Tu as souri. Et tu as prononcé les mêmes mots arabes que moi :

« Sidi ben Acher. »

Cela m'a surpris et fait plaisir. Des mots de nous, de moi, en toi, qui sortaient de toi.

J'ai levé les yeux vers toi et j'ai souri franchement.

Tu étais beau. Tu étais beau. Beau comme Omar Sharif. Tu ne lui ressemblais pas du tout mais, à l'époque, tout ce qui était beau pour moi je l'associais à l'acteur égyptien.

Le temps n'existait plus. Les copains, qui continuaient de nous regarder, non plus.

J'étais audacieux soudain : je te regardais. Je te découvrais. Je passais mon regard sur les détails de ton visage, de ta tête, ton cou, tes épaules. Pour la première fois.

Il est français ! Il est français ! J'ai de la chance ! J'ai de la chance !

Tu me regardais toi aussi. Tu voyais en moi, tu décidais déjà à ma place. Et tu avais l'air heureux.

C'était comme un miracle. Rien à la base n'aurait pu nous rapprocher, nous réunir, nous mettre l'un en face de l'autre.

J'avais mille questions à te poser, sur toi, sur ton chemin jusqu'ici, cette plage populaire de Salé, ce gamin pauvre que j'étais. Je n'ai rien dit. Il ne fallait surtout pas montrer que mon français était mauvais.

Alors, comme un fou qui n'a plus conscience des réalités et des lois, j'ai plongé en toi. Tes yeux. Ton nez. Tes lèvres tellement rouges : je voulais les toucher, les goûter, les avoir mêlées aux miennes, dans mon cœur.

J'ai avancé pour les embrasser, ces lèvres.

Tu m'as arrêté, d'un geste brusque, sûr, intransigeant.

« Pas ici. »

Je ne t'écoutais pas.

« Pas ici… Pas ici… On nous regarde… Réveille-toi… »

Je ne me suis pas réveillé. Ni ce jour-là ni les années qui ont suivi. Il m'a fallu venir en France, à Paris, pour comprendre les choses, le sens caché de tes gestes et de tes indications lors de notre première rencontre.

Je t'ai emmené vers le saint des fous et je ne pensais qu'à tes lèvres rouges, appétissantes.

Des lèvres françaises rouges. D'un homme. Un homme.

Allah devait m'aimer beaucoup et n'avoir au fond rien contre mon homosexualité. Allah me poussait. Allah me montrait le chemin et me soufflait dans l'oreille que c'était ça, cet homme français, ma chance pour vivre, exister, sortir de la pauvreté. Allah était de ton côté à toi aussi, Emmanuel, peut-être plus que du mien.

J'ai suivi Ses conseils, à Allah. Plus tard j'ai fait aussi le malin : j'ai pris, volé de toi tout ce qu'il fallait pour arriver. Sans jamais ressentir de culpabilité.

Tes lèvres m'obsédaient. Tu disais des choses en français de plus en plus compliquées. Je n'en comprenais même pas le quart. Pour donner le change, l'impression que je suivais la conversation, je restais fixé sur tes lèvres.

Nous étions dans le cimetière à présent. La plage populaire derrière nous, les murailles de la vieille ville de Salé devant nous. Et, tout autour, que des tombes musulmanes.

Il n'y avait personne. Et c'était là ma chance, dans cet endroit de mort tellement émouvant. Il ne fallait pas la rater.

Je ne pensais ni à Paris, ni à l'avenir, ni à la langue française. Seules tes lèvres continuaient de me hanter.

J'ai osé.

J'ai pris ta main et avec force je t'ai entraîné entre les tombes fleuries et qui sentaient tellement bon.

Je me suis couché par terre et je t'ai dit de faire pareil. Comme tu semblais hésiter, j'ai pris ton bras et je t'ai tiré vers moi, à côté de moi.

Nous étions allongés collés l'un à l'autre. Les tombes musulmanes nous cachaient et nous protégeaient.

J'ai osé de nouveau.

J'ai approché ma tête de ton cou et j'ai respiré fort.

L'odeur de la France !

J'ai de la chance ! J'ai de la chance !

Puis je suis arrivé à ton visage. Là, excité à l'extrême, je n'ai pas pris le temps. Il n'y avait pas le temps. J'ai mis mes lèvres sur tes lèvres.

Tu t'es chargé alors de la suite.

Tu m'as appris à embrasser.

Ta langue est sortie de ta bouche et elle a commencé à lécher mes lèvres, doucement, très lentement.

J'ai fait comme toi. Ma langue sur et autour de tes lèvres françaises tellement rouges.

J'ai atteint l'extase très vite.

J'ai joui dans mon slip, en essayant en vain de réprimer mon râle.

Honteux, j'ai enfoui ma tête dans ton cou.

Tu as caressé mes cheveux de ta main gauche et, de la main droite, tu as sorti ton sexe tellement blanc, tellement grand, et tu t'es mis à te masturber en caressant très fort ma tête contre toi.

Tu as pris ton temps, toi. Tu n'as éjaculé qu'au bout de quinze longues et merveilleuses minutes. J'étais surpris et ravi.

Le spectacle était inoubliable.

Cette première fois, dans ce lieu tellement sacré, m'a attaché définitivement à toi. C'était une grande transgression. Mais à ce moment-là, dans tes bras, je n'avais pas peur. Je me sentais encore plus musulman que jamais.

Je crois que nous avons dormi un peu après ta jouissance. Une minute, deux peut-être, pas plus. Quand j'ai ouvert les yeux, tu n'étais plus là. Je me suis relevé. Je t'ai cherché. Tu étais un peu plus loin. Tu pissais contre un mur.

Je t'ai rejoint et j'ai pissé à côté de toi.

J'ai pissé en même temps que toi.

Je regardais ton sexe.

Tu regardais le mien.

Par terre, dans la poussière, ma pisse se mêlait à ta pisse.

Elles ont fini par former le même trou, le même sillon, le même fleuve.

Avec les années, tout cela est sorti de ta tête, Emmanuel, sorti de ton cœur. Pas moi. Pas moi. Comme tu le vois, treize ans plus tard j'y suis encore, moi, dans cette première fois. Dans ces images pauvres. Dans cette magie involontaire. On est encore là-bas à Salé, pas à Paris, tu ne te soucies pas de ton image. Tu es loin de ton image. Tu es libre.

Moi, je suis encore tout en moi. Ahmed. 17 ans. Avant que tu ne décides de me transformer en un petit pédé parisien bien comme il faut.

Je suis encore moi et je vois ta bite blanche qui pisse. Encore. Encore. C'est interminable. Je me dis que c'est peut-être ça l'amour, être dans l'intimité de l'amour : avoir la possibilité de trouver beau ce que les autres jugent laid, indécent. Des couilles, une petite forêt de poils très noirs et un zob grand à demi dressé qui n'éprouve aucune honte à se donner en spectacle, à fraterniser avec mon zob adolescent à moi.

Oui, c'était ça l'amour pour de vrai. Dehors. Nus ou presque. Entourés de tombes musulmanes bienveillantes. À quelques mètres seulement du saint Sidi ben Acher, là où on enchaînait les fous pour protéger le monde de leur fureur contagieuse, de leurs visions noires et de leur sexualité débordante, impardonnable.

J'ai tout vu et je voulais voir plus. J'ai tendu la main droite vers ton sexe et j'ai recueilli un peu de ta pisse. Ce geste de ma part a fait immédiatement se redresser ta bite. Tu bandais fort de nouveau et tu continuais à pisser en même temps. Tu luttais. Tu avais mal.

J'ai arrêté de pisser, moi. Je me suis dévoué et j'ai pris les choses en main. Je me suis consacré à la réalisation de ce deuxième miracle dont j'étais l'instigateur.

Je me suis agenouillé.

Tu as mis ton bras gauche autour de mon cou. Ton corps en entier tremblait comme moi devant l'apparition, invisible et certaine, d'un djinn.

Il ne fallait rien faire, presque.

Rapprocher très lentement mon visage de ta bite. Plus. Encore plus. Ne pas la toucher. La laisser souffrir et jouir. Pisser et se préparer à ce qui vient. Monte.

C'est ce qui a fini par arriver.

En même temps que l'eau jaune sont sortis soudain de ton sexe des jets violents de sperme.

Du blanc.

Durant quelques instants, tu n'étais plus en toi-même. Tu as serré tellement fort mon cou. Tu m'as rapproché de toi. Tu m'as collé à toi. Tout contre toi. Je ressentais l'électricité, la fièvre et le plaisir extrême qui parcouraient ton corps, de la tête aux pieds.

Tu as fermé les yeux. Pas moi.

Ta bite était détendue. Elle était à bout. Elle m'était reconnaissante.

Ma sorcellerie avait marché. Tu étais à moi. Maintenant et plus tard. Tu repartirais à Paris et tu reviendrais.

Tout ce que j'avais appris de ma mère, je l'ai appliqué à ce moment-là. J'étais si près de ta bite. Agenouillé devant toi. Toi absent et présent à la fois. J'ai récité les formules sorcières, j'ai pactisé avec le diable, je t'ai envoûté et je t'ai captivé par là même où, innocent, tu n'avais plus aucune défense. Tu étais français, plus fort que moi, plus riche et plus cultivé que moi. Mais j'avais réussi l'impossible : t'amener à la jouissance extrême et à la vulnérabilité extrême. La sorcellerie ne peut marcher que quand le corps de l'autre est confiant, disponible, malgré lui innocent.

Tu fermais toujours les yeux. Tu ne te doutais de rien. Tu étais à moi. Un étranger encore. Un corps puissant par lequel j'allais sauver ma peau, fuir la pauvreté, m'épanouir ailleurs, connaître un autre monde, celui que je voyais à la télévision. Avoir de l'argent. Devenir riche.

C'est sans doute le plus beau moment de toute ma vie. Non seulement je vivais le rêve mais, en plus, par la perte définitive de l'innocence je préparais l'avenir.

Je te faisais à toi ce que je voyais les femmes autour de moi faire. Comme elles, j'étais impitoyable, en cet instant si près de ton sexe. L'occasion était là : pouvoir, vengeance et assurance matérielle pour le reste de ma vie. Inutile de jouer au pur : cela ne menait nulle part. Par le mal, la sorcellerie, il fallait te retenir. T'emprisonner. Inscrire en toi mon programme. Te donner l'ordre de revenir.

Tu es à moi. Tu es à moi. Tu es à moi.

Chuchoter dans tes oreilles ma voix qui habite désormais ton prénom. Ton très beau prénom.

« Emmanuel. Emmanuel. Emmanuel. »

Tu ne savais rien de tout cela, n'est-ce pas ? Aujourd'hui je te le révèle et je te quitte.

Je croyais avoir de mon côté les forces invisibles. Les années m'ont prouvé que j'avais tort, mille fois tort. Ce que tu étais toi et le monde que tu portais en toi étaient bien plus forts que ce moi naïf et mes djinns invisibles.

Je n'avais que 17 ans.

Je ne savais pas.

Je ne savais rien.

Dans ce cimetière près de la plage de Salé, tu avais toi aussi décidé quelque chose. Je croyais être de nous deux le plus malin. Mais non. Ma sorcellerie n'a servi à rien. Ni moi ni mes djinns n'étions en mesure ce jour-là de deviner à quel point ton pouvoir était immense et à quel point ta dictature naturelle allait tout écraser en moi, absolument tout dominer.

À cause de toi je suis devenu un autre.

Je ne suis plus moi aujourd'hui.

Je suis qui ?

Je vis dans une nostalgie étrange. Dans le manque de cet autre que j'étais censé devenir avant de te rencontrer et qui n'est jamais advenu.

À 30 ans, je ne parle même plus l'arabe comme avant. Au téléphone, mes sœurs rient de moi. J'ai à présent un accent bizarre quand je parle cette langue.

Ma langue n'est plus ma langue. Quelle tragédie ! Et quelle tristesse ! Je ne pourrai pas revenir en arrière. Le Ahmed que je suis, au fond, je ne l'ai connu que jusqu'à l'âge de 17 ans. Dans le cimetière de Salé, de ma propre volonté, je t'ai aidé à le tuer.

Il fallait changer. Il fallait se transformer. Il fallait maîtriser le français. C'était cela la voie royale pour sortir de la misère, être libre, être fort.

Tu as dit, tu m'as dit, tout cela sans jamais douter un seul instant.

J'étais dans la fascination. Toi, ton corps. J'étais dans la stratégie. Tu dois garder cet homme, cet Emmanuel, tout faire pour le captiver, le faire revenir te voir au Maroc. Dis oui à tout ce qu'il dit. Dis oui à tous ses désirs. C'est ta chance, ne la rate pas. Sois plus stratégique que lui. Prends sa main dans ta main. Prends-la. Prends-la. Il sera touché par ce geste. Il va croire que c'est spontané de ta part. Il va être ému par l'expression simple, adolescente, de l'affection que tu commences à ressentir pour lui.

J'ai pris ta main. On était sortis du cimetière. On avait franchi la porte dans la muraille de la vieille ville. On était maintenant dans un terrain vague. À un kilomètre de nous se dressait la nouba du mausolée de Sidi ben Acher. Là-bas, il y avait ce qui te fascinait, ce qui t'attirait, le sujet d'un livre que tu n'écriras finalement jamais : « Les expressions de la folie en terre d'Islam. Le cas du Maroc ».

On marchait. Personne autour de nous. Tu ne lâchais pas ma main. Je n'avais plus rien à faire. Juste te suivre. M'accrocher à toi. Me donner davantage à toi.

J'ai osé parler, en français. J'ai indiqué du doigt le mausolée et j'ai prononcé les mots suivants après les avoir tournés vingt fois dans ma tête :

« C'est ça... Sidi ben Acher... Le saint des fous... C'est ça que tu veux... »

Tu t'es arrêté. Tu as souri tendrement. Mais tu n'as pas lâché ma main.

« Tu viens avec moi. »

Ce n'était pas une question, ni une suggestion. C'était une invitation et un ordre.

« J'ai besoin de toi pour pénétrer à l'intérieur du mausolée... Tu viens avec moi... »

J'avais confiance en moi. Le mot français pour répondre positivement était simple. Je le connaissais trop bien.

« D'accord. »

Tu as lâché ma main. Tu as caressé ma tête, très gentiment. Tu as recommencé à marcher. Je t'ai suivi, légèrement derrière toi.

C'est alors que tu as annoncé ce qui allait suivre. Le programme. Ma vie. Toute ma vie à venir.

« Tu dois apprendre à parler mieux le français. Le parler et l'écrire parfaitement. C'est important pour toi... Tu comprends ? »

Je comprenais, l'essentiel. Et à tout ce que tu disais je répondais par la même chose :

« Oui. »

Tu ne m'as pas forcé. À ce moment-là. J'ai bien voulu tout abandonner, tout quitter, tout détruire. Remplacer ma sensibilité par une autre. Mes mots par les tiens. L'arabe par le français.

Je peux même dire que j'étais heureux. Jusque-là, personne ne s'était adressé à moi comme tu étais en train de le faire.

Tu parlais. Tu parlais. Si sûr de toi et de ta mission.

Tu étais l'homme français qui savait, qui allait me sauver.

Tu n'as songé à aucun moment à me protéger. Tu étais peut-être totalement sincère, innocent même. Alors tu as continué à écrire ma vie à ma place :

« Après le baccalauréat, tu devrais t'inscrire à l'université, au département de langue et littérature françaises. »

Je n'y avais jamais pensé. Et tu n'as pas eu besoin de beaucoup de temps pour me convaincre. C'était cela la voie à suivre. L'unique chance.

« Oui… D'accord… Emmanuel… »

Tu as eu les larmes aux yeux. Tu t'es arrêté de nouveau et tu m'as regardé avec insistance.

Qu'est-ce qui t'avait à ce point-là ému ? Mon obéissance ? Ma soumission si facile ? Ton prénom dans ma bouche ? Ma voix qui se familiarisait petit à petit avec le mot « Emmanuel » ?

Je ne le saurai jamais.

Tu t'es penché vers moi. Nos têtes se touchaient presque.

« Tu le promets, Ahmed ?

– Oui.

– Dis : "Je le promets."

– Je le promets.

– "Emmanuel."

– Emmanuel.

– Bravo, Ahmed ! Je reviendrai te voir demain ici... À la même heure...

– D'accord.

– Ahmed.

– Emmanuel. »

C'était on ne peut plus naïf, romantique, mais, si étrange que cela puisse paraître, c'était un moment d'une très grande intensité intellectuelle entre toi et moi.

Se donner à l'autre en croyant avoir enfin trouvé la liberté.

Le bonheur est évidemment une grande confusion. Le bonheur n'est pas la liberté, ni avec toi, Emmanuel, ni avec qui que ce soit d'autre. Le bonheur est juste une autre prison. On reste mystérieusement attaché à l'autre (même quand il est dictateur) et au moment où l'on a cru avec lui vivre enfin pour de vrai.

Tôt ou tard, on se réveille.

Je suis réveillé maintenant, Emmanuel. J'ai encore une chance de trouver loin de toi un autre sens à la vie, à ma vie. Je ne sais pas où pour l'instant. Mais je sais ceci : je dois te quitter et quitter ce qui me rattache à toi, à commencer par la langue française.

Je t'écris et j'ose enfin passer à l'acte : sortir d'une langue qui me colonise et m'éloigne de Ahmed à 17 ans.

Ahmed qui s'engage avec toi en croyant avoir trouvé l'homme qui incarne et dépasse tous ses rêves.

Tu es revenu le lendemain à la plage populaire de Salé. Et le surlendemain aussi.

J'ai réussi mon baccalauréat en littérature arabe moderne. Sans hésiter, je me suis inscrit à l'Université de Rabat, au département de langue et littérature françaises. Je suis entré dans une nouvelle religion. La tienne. Tu me dirigeais. Tu as vite oublié ton livre sur les fous en terre d'Islam. Ton nouveau et si passionnant projet, c'était moi.

Et j'étais si fasciné par toi, de plus en plus, si obéissant, si intelligent. Et tu étais si fier de moi, de mon développement et ma transformation rapides.

Tu parlais de moi à tes amis à Paris. Tu m'envoyais de l'argent, régulièrement.

Et très vite nos conversations ont commencé à tourner autour de Victor Hugo, Rabelais, Molière, Mme de Sévigné, Arthur Rimbaud, Marcel Proust, Jean Genet et leurs amis.

Je suis passé si vite de l'étrangeté que j'éprouvais devant ces noms, et leurs œuvres parfois absconses, à la familiarité.

Comment ai-je fait pour construire un lien entre cet univers des idées sophistiquées et ma réalité marocaine si pauvre à l'époque ? Comment ai-je fait pour ne pas voir tout ce que j'étais en train de rater, de tuer, et ce qui se passait autour, en moi, dans ma vraie vie quotidienne et celle de mes sœurs ? Comment fait-on pour devenir à ce point-là aveugle, donner tout de soi à l'autre et à sa culture dominante ?

Comment ai-je pu abdiquer si facilement ? Dis-moi, Emmanuel… Dis-moi…

L'amour ne peut pas tout expliquer ni tout justifier. Ni l'argent, toujours l'argent… C'est toi qui l'avais.

Te souviens-tu de Lahbib ? Bien sûr que oui. Je t'ai parlé de lui tellement de fois quand tu venais au Maroc. Je l'ai tant aimé quand j'étais petit. Nous étions des gamins du même quartier, liés par le même secret. Là-bas, tu voulais tout entendre de mes aventures enfantines, sexuelles, avec lui. Ici, à Paris, Lahbib a fini par ne plus représenter qu'un passé que tu m'incitais non pas à oublier mais à ne plus toujours prendre en considération.

« Encore tes histoires de pauvres ! Tu devrais te concentrer sur autre chose… Tu es à Paris… Tu es arrivé… »

Je n'avais pas les arguments pour pouvoir entrer en débat intellectuel avec toi, me défendre et défendre ce qui, tout au fond de mon cœur, comptait le plus pour moi. Alors je me suis tu. J'ai cessé de parler de Lahbib. Je l'ai tué en moi. De loin. À Paris. Ville qui le faisait rêver lui aussi. Mes histoires et mes émotions, je les ai mises dans un tiroir. Et plus jamais ce passé, désormais folklorique à tes yeux, n'est revenu entre nous.

Lahbib si beau, si triste, si tendre, toi non plus tu n'en voulais plus.

Cela m'a abattu. Lahbib avait été mon seul ami au Maroc. Le seul qui était comme moi, comme toi, et avec lequel je pouvais errer des heures sans rien dire, le seul qui m'aimait sans me juger, le seul avec qui j'avais volé, fruits, bonbons et montres, sans ressentir de culpabilité. Lahbib m'a appris à bien mentir. Devenir un vrai comédien, très crédible en permanence.

« Le monde n'aime et n'apprécie que ceux qui savent raconter les gros mensonges avec la plus grande assurance. Nous devons être comme ça, toi et moi... Mon frère Ahmed... Des grands menteurs... »

Mon frère Lahbib, tu l'as rejeté de Paris.

Mes histoires émouvantes, naïves, avec lui, ont fini par tomber, par sombrer dans le noir, ne plus exister.

Où sont-elles ?

« Oublie le passé, Ahmed… Tu es à Paris… À Paris… Combien de fois je vais devoir te le répéter ?… »

Cette phrase, c'est ce que tu me sors chaque fois aujourd'hui, Emmanuel. Systématiquement. Il n'y a plus de débat possible entre nous. Il n'y a plus de résistance possible.

J'ai changé de monde. J'ai changé de peau. Je parle et j'écris aussi bien que toi le français.

Tu as gagné.

Me voilà avec toi dans ce grand appartement du Ve arrondissement qui appartient à ta famille. L'argent n'est pas un problème. Tu en as hérité suffisamment pour vivre confortablement jusqu'à la fin de ta vie. Et, comme on te l'a bien appris, tu investis dans la pierre. Tu possèdes au moins cinq studios, gérés par une agence immobilière.

Je profite de tout cela, moi aussi, de ce système, de ces privilèges, de ta générosité. Et, je dois bien l'avouer, jamais l'argent n'a été un problème entre nous. Tu donnes. Et pas qu'à moi.

Avec le temps, j'ai fini par comprendre que j'étais non seulement un assisté mais également, à plusieurs titres, un colonisé. Ne sois pas surpris par ces grands mots en lisant cette lettre. Je vais t'expliquer.

Ta générosité financière à mon égard est une certitude. Tu as fait le maximum pour me faciliter les choses. Tu m'as fait venir à Paris à la fin de mes études universitaires à Rabat. Tu as pris en charge tout ce qui concerne les papiers et leur renouvellement. Tu m'as offert un toit, un beau quartier parisien, chic, une famille, la tienne, qui m'a accepté très vite, de la sécurité, des amis, les tiens devenus trop facilement les miens.

Aujourd'hui, à 30 ans, tout ce que je suis depuis l'âge de 17 ans vient de toi. Ma vie entière est une construction d'Emmanuel.

J'ai fait ce que tu m'as dit de faire.

J'ai passé les concours que tu m'as conseillé de passer. J'ai fait Sciences Po. J'ai fait les stages que tu m'as trouvés. J'ai adopté ton mode de vie, de penser, de manger, de marcher et de baiser.

Je m'habille comme toi. Selon les codes bourgeois chic hérités de ta famille. Même le parfum que je porte depuis des années, c'est toi qui me l'as choisi. Annick Goutal. Je l'adorais. Je ne le supporte plus.

Je ne suis plus Ahmed. Je suis devenu Midou. Comme autour de nous mon prénom posait problème pour tes amis parisiens, on l'a arrangé, coupé, massacré.

« "Ahmed" est impossible à prononcer », tu as dit quand je suis arrivé à Paris.

Je t'ai suggéré alors le définitif « Hamidou ». On l'a essayé pendant six mois. Ce n'était pas ça. Ça sonnait encore trop arabe, trop de là-bas. Cette fois encore, c'est toi qui as trouvé la solution : ce que je suis depuis treize ans maintenant.

Midou.

Je ne suis plus Ahmed. Je suis Midou.

« Midou », comme « Milou », l'adorable petit chien de Tintin. C'est ce qui m'est venu à l'esprit comme association. Nous avons beaucoup ri à ce moment-là de ce lien. J'étais Milou. Midou-Milou. C'était tellement drôle… N'est-ce pas ?

Je ne ris plus aujourd'hui.

Si seulement c'étaient là des petits noms intimes, d'amour, inventés rien que pour toi et moi. Non. Non. C'était ma nouvelle identité.

Midou, c'est qui ?

Et Ahmed, il est où ? Mort comme son ami d'enfance, Lahbib ? Porté disparu ? Lobotomisé ?

J'ai essayé de parler de tout cela ces trois dernières années. Mes interrogations. Mes protestations. Mes inquiétudes. Mais tu ne comprenais pas.

« Tu es devenu un membre des Indigènes de la République, Midou ? C'est ça ? Depuis quand ? »

« Et pourquoi pas ? » j'avais envie de te répondre, sans oser le faire.

Que je le veuille ou pas, je suis un indigène de la République française, qui m'accepte comme « Midou », à présent. « Ahmed », c'est pas possible, trop musulman, trop arriéré.

Confronté, tu ne cessais de te dérober, Emmanuel. Tu n'es ni un raciste ni un conservateur, tu votes toujours à gauche et tu ne caches rien aux impôts. Pourtant, tu n'as eu aucun scrupule à reproduire sur moi, dans mon corps, dans mon cœur, tout ce que la France refuse de voir : du néo-colonialisme.

« Tu me gonfles, Midou. La France a quitté le Maroc en 1956. Et tu vis ici à Paris, logé, nourri, depuis plusieurs années maintenant... De quoi tu parles ? Je suis un raciste, pour toi ? »

Impossible de discuter, de douter, de questionner tes convictions. Impossible de te faire entendre ce qui me fait souffrir.

Tout se passe entre nous en français, dans une langue qui n'est pas la mienne, et cela te semble normal. Que je réfléchisse sur mon nouveau statut (très privilégié grâce à toi, merci) a fini par te faire chier. Certains jours, tu dis que tu comprends parfaitement mais que, quand même, il ne faut pas abuser. Je devrais remercier le ciel. Il y en a tant de là-bas qui doivent jour et nuit envier mon sort.

« Ce n'est pas moi le méchant, Midou. »

En effet, ce n'est pas toi le méchant, Emmanuel. Tu es innocent. Complètement innocent. Et moi, bien sûr, je délire. Je me laisse emporter. Je devrais me calmer, revenir à la raison. Ne pas jouer au compliqué, à la diva capricieuse.

Ce qui a tout fait basculer définitivement entre nous, ce sont les jumelles que ta sœur a eues l'année dernière avec son mari Jamal, tunisien, lui. Elles les a appelées Jeanne et Marguerite.

J'étais choqué. C'était une nouvelle étape dans l'effacement programmé.

Ahmed est devenu Midou.

Jamal a deux filles qui s'appellent Jeanne et Marguerite.

Je n'ai rien contre ces prénoms. Comme toi, j'adore Jeanne Moreau et Marguerite Duras. Mais quand même. Quand même. Il y a quelque chose qui ne va pas. Le symbole est trop fort. Trop.

Jamal a accepté comme moi j'ai accepté.

Non seulement il faut s'intégrer de force dans la société française, mais si, en plus, on réussissait à faire oublier notre peau, notre origine, ça serait parfait.

Je n'ai rien dit. J'ai pensé aux parents de Jamal. Et j'ai commencé à m'intéresser de plus près à Jamal, à d'où il vient et à ce qui me relie à lui.

J'ai essayé d'établir une relation entre nous. Parler en arabe. Mon échec a été cuisant, rapide. Comme moi, il vient d'un monde pauvre dont il ne veut plus entendre parler. Ses vacances, il les passe en Thaïlande, en Australie, au Kenya. Moi, par comparaison, j'ai encore de la chance : tu veux bien m'accompagner tous les deux trois ans au Maroc.

Jamal aurait dû changer de prénom lui aussi. Il n'y a plus rien d'arabe en lui. Impossible de créer un lien avec lui, de l'amitié, de la complicité.

« Heureusement que tu as rencontré Emmanuel. Il t'a sauvé, c'est sûr… Les homos, là-bas, on les… tu sais… On les tue… »

Là-bas… Des gens de là-bas…

Des sauvages, voilà ce que nous sommes, Jamal et moi. Sauvés par toi et ta famille. Je devrais être reconnaissant. Je devrais être gentil. Bien élevé. Je devrais rester avec toi, te baiser les pieds, et c'est l'inverse que je m'apprête à faire. J'ai tout bien préparé. Je veux aller ailleurs dans ce territoire français. Seul. Sans toi. Je ne veux pas devenir complètement et parfaitement un autre Jamal, version gay, un autre Arabe qui parle tellement bien le français. Je veux sortir du français, de cette langue, sortir de ce rapport entre toi et elle, si fort en moi. Je veux quitter le français tel que je le pratique depuis que je te connais. Tu es si présent, Emmanuel, si dominant. Tes références intellectuelles sont trop devenues les miennes. Où que je tourne la tête, chercher ta bénédiction est devenu un réflexe si naturel, toujours et toujours nécessaire. C'est trop. Trop. Je ne suis plus moi. Je ne suis qu'un objet qui pourrait être remplacé facilement par un autre. Un jeune

Arabe très cultivé grâce à toi qui pourrait du jour au lendemain être jeté et échangé contre un autre jeune Arabe.

J'ai 30 ans. J'ai encore une chance. Je crois. Fuir. Tout recommencer dans un autre lieu. À Paris peut-être. Dans un quartier que tu ne connais pas. En banlieue. À Gennevilliers. À Clichy. Sur une autre planète.

Au fond, je n'ai rien contre le français. J'ai en revanche de la haine pour le français tel qu'on l'a construit entre nous. Le français s'est infiltré partout. Dans l'amour entre nous. Dans le sexe entre nous. Dans les conversations. Dans notre façon de marcher, de faire couple, de faire semblant d'être unis contre le monde.

Je veux devenir Un sans toi, Emmanuel.

Kamal va me remplacer très vite dans ta vie. C'est sûr. C'est écrit. C'est la loi du plus fort.

Il est en chemin, Kamal. Tu diriges sa thèse à l'ENS. Il sera mieux que moi, tu verras. Il est plus jeune. Plus bandant. Beaucoup moins compliqué que moi. Depuis un an, il avance petit à petit ses pions. Sa stratégie, je la vois très clairement. Et toi, cela t'amuse tellement de le voir jouer, faire le malin, l'arriviste. Une variante de Midou. Tu es fasciné par Kamal. Je le vois. Je le constate. Et je n'arrive pas à lui en vouloir, à Kamal. Il a raison de foncer, de te faire la cour, de faire comme si je n'existais pas dans ta vie. Il mise sur une solidarité entre lui et moi. Une solidarité d'Arabes homosexuels pour obtenir une vengeance historique, post-coloniale. Ce qu'il propose est tellement gros que cela va finir par devenir plausible, crédible. Son projet va réussir. Il prendra ma place dans ton lit. Tu ne perdras pas au change, Emmanuel. Un autre corps arabe sera là pour te satisfaire et, au passage, profiter de toi comme je l'ai fait pendant des années. Sans vergogne. J'ai misé sur toi, moi aussi, sur la plage populaire de Salé. J'ai pris ton argent. Cela ne m'a posé aucun problème moral. J'ai fait ce que beaucoup de femmes marocaines font aux hommes : de la sorcellerie, encore et toujours, pour te faire mien, t'avoir rien qu'à moi, te faire oublier le monde.

Mon jeu t'amusait. Ma sincérité à être parfaitement arriviste te touchait. Ton amour pour moi est né là, quand tu as vu, sur la plage, que ce Ahmed d'à peine 17 ans était loin d'être un petit Arabe simplet. Dans ses (mes) yeux, tu as vu quelque chose de diabolique et d'innocent. Tu as compris que tu n'allais pas t'ennuyer avec moi. J'avais la capacité d'être un vrai metteur en scène dans la réalité. Je voulais diriger, les choses, les autres, les soumettre à ma volonté. Avec toi, je pourrais enfin réaliser tout cela. Donner à voir ma puissance.

Tu m'as laissé faire. Tu m'as donné les moyens intellectuels et financiers pour aller jusqu'au bout.

Je pensais être fort. Suivre tes conseils, appliquer tes ordres, faire de ma vie un laboratoire pour toi.

Je pensais être capable de garder la maîtrise du lien entre nous, la maîtrise de la distance entre moi vrai et moi dans un certain jeu avec toi.

L'amour, bien sûr, a compliqué tous les projets, les miens comme les tiens. L'amour était réel entre nous. Je ne peux pas le nier. Mais cela n'a pas empêché le reste. La manipulation. Les batailles, silencieuses et incessantes.

J'ai perdu, Emmanuel.

Je pars.

Je quitte ton monde. Je quitte la carrière universitaire dans laquelle, grâce à ton poste de professeur à l'ENS, tu m'as installé. Je n'en veux plus. Je ne veux plus être cet intellectuel dont on a rêvé ensemble quand tu es revenu me voir le lendemain sur la plage populaire de Salé.

J'ai trouvé un autre travail. Un autre projet. Une autre langue. Je reviens à ma première solitude, où, je l'espère, je pourrai me réconcilier avec mon premier monde. Ma mère dure, sans Hamid, mon père. Mes sœurs trahies par la vie. Je vais aller vers elles et, même si elles s'obstinent à refuser de parler de mon homosexualité, je les forcerai à créer un lien nouveau. Je veux parler avec elles d'elles et de moi. Je ne veux pas que tout tourne autour de mon homosexualité. Car, je l'ai enfin compris, l'amour ne se vit pas uniquement avec les gens qui partagent exactement toutes nos opinions, tous nos choix.

Je croyais avoir raison sur tout. Je me trompais. Jamais je n'ai essayé de me mettre dans la peau de mes sœurs. De les regarder et les comprendre. Aujourd'hui, alors que je te quitte, je me sens capable de penser le monde à partir des yeux de ma mère, de mes sœurs. Un peu tard, je leur donne enfin le droit de ne pas être tout à fait d'accord avec moi et j'accepte qu'elles me disent encore des mots durs. C'est à partir de ces mots que je vais rétablir la connexion avec elles.

Halima va me manquer. S'il te plaît, passe-lui mes plus chaleureuses salutations. Sans le savoir, elle m'a aidé. Chaque été, dans la grande maison de campagne de ta famille où vous vous retrouvez tous pendant au moins deux semaines, les plats préparés par Halima était le bonheur même. Halima est votre bonne et votre cuisinière après avoir été votre nounou, dans les années 60 et 70. Elle accompagne ta mère partout. Dans toutes vos demeures. À Paris. À Lille. En Dordogne. Elle a 70 ans. Elle ne s'est pas mariée. Elle a passé la majeure partie de sa vie avec vous. À vous servir. À vous voir grandir.

Chaque été en Dordogne, elle et moi on pleurait l'un à côté de l'autre sans rien se dire. Les larmes sortaient sans explication. On allait derrière la maison, on s'asseyait sur l'herbe, on se prenait les mains et on pleurait.

Je pense aujourd'hui qu'elle pleurait à cause de mon homosexualité. Pour elle, bonne musulmane, c'est un péché. Je n'irai pas au paradis à cause de cela. Elle avait de la peine pour moi mais elle n'osait pas me faire des reproches. J'étais le petit copain du fils aîné de la famille qui l'employait, elle ne pouvait pas se le permettre.

Alors, Halima pleurait. Elle exprimait ainsi ses idées, ses valeurs, sa croyance. Elle pleurait pour dire un attachement, une critique, et renforcer du même coup notre relation silencieuse.

Je me laissais faire. Et, au fond, je la jugeais un peu parce qu'elle n'était pas cultivée, parce qu'elle n'avait pas profité de la France pour évoluer, s'émanciper, s'élever socialement. Même au sein de ta famille, Emmanuel, elle n'a pas trouvé la liberté. Ni toi ni ta mère, et encore moins tes sœurs, n'avez réellement pensé à l'aider. Elle a sacrifié sa vie ici, en France. Et ses larmes disaient cela aussi.

Je l'ai jugée, Halima.

Je ne la reverrai jamais.

S'il te plaît, Emmanuel, dis-lui que je suis parti et que je ne l'oublierai pas. Elle est en moi pour toujours.

Dans quinze minutes, l'alarme va sonner. Je partirai quand tu seras en train de prendre ta douche.

Je ne sais quoi te dire d'autre. J'ai perdu petit à petit la violence que j'avais en moi en commençant cette lettre. Quelque chose de tendre pour toi revient malgré moi maintenant. J'ai même devant les yeux les images heureuses de nous deux perdus l'année dernière dans les sentiers de la forêt à côté de Valmondois. On ne connaissait pas vraiment ce village, ni toi ni moi. On y est partis un week-end sur un coup de tête.

Tu as dit :

« On va aller à la recherche d'un vieux souvenir, moi avec ma mère, très petit… Valmondois… C'est à une heure de Paris en train… Tu viens ? »

Tu avais l'air tellement heureux en faisant cette proposition. C'était toi mais ce n'était pas tout à fait toi. J'avais l'impression que l'enfant en toi s'était d'un coup réveillé. Il voulait retrouver les traces d'un moment de bonheur mêlé à de la tristesse.

Ce village était vide, très beau, d'un autre temps. Certaines boutiques n'avaient pas changé depuis les années 20 ou 30. Des arbres partout. Des bouts de forêt par-ci, par-là. Tu me montrais tout cela pour la première fois. Exactement comme je l'avais fait avec toi à Salé, sur la plage populaire, au cimetière et au saint des fous, Sidi ben Acher. Ta voix tremblait en racontant ce qui s'était passé là dans les années 70.

« Ma mère a fait sa valise. Elle voulait nous quitter. Mon père. Mes sœurs. Moi. Nous tous. Elle aimait quelqu'un d'autre qui habitait ici, à Valmondois. Mon père, trop fier, n'a rien fait pour la retenir. Il était comme mort. Il n'arrivait pas vraiment à croire qu'elle allait partir. Elle l'a fait pourtant... Nous, les enfants, avons essayé de l'empêcher de passer la porte et de sortir. On criait. On criait. "Maman ! Maman ! S'il te plaît, ne pars pas, ne pars pas. On t'aime. On t'aime. Maman ! Maman..." Elle a réussi à l'ouvrir et elle s'est mise à courir dans l'escalier sans allumer les lumières, sans se retourner vers nous... Elle a disparu très vite de notre champ visuel... Nous nous sommes tus immédiatement... Nous étions dans le noir... Je ne sais ce qui m'a pris. J'ai allumé l'interrupteur et j'ai couru après elle. Dans la rue, je n'ai pu la retrouver... "Où es-tu ? Où es-tu, maman ? Ne t'en va pas ! On t'aime. Je t'aime. Reviens ! Reviens..." Elle ne m'entendait pas, bien sûr... Mon intuition m'a dit alors qu'elle devait être dans la station à côté de chez nous, Place-Monge. Je l'ai rejointe à toute vitesse. Sur le quai vide de la ligne 7, maman était assise sur un banc. Elle ne pleurait pas. Je me suis rapproché d'elle et, sans la regarder, je me suis assis à son côté. J'espérais trouver les mots pour la faire changer d'avis. En vain. J'étais bloqué, terrifié, impressionné par la détermination lisible sur son visage. J'ai pris sa main et je suis resté avec elle. Elle n'a pas osé me lâcher, m'ordonner de rentrer à la maison. On a pris le métro jusqu'à la gare du Nord et, de là-bas, on est montés dans un train de banlieue. Jusqu'ici, ce village maudit et beau. Il faisait nuit. Très tard. Minuit, je crois. Les rues étaient désertes. Nous avons attendu devant la gare. Personne n'est venu nous chercher. Maman a passé plusieurs coups de fil de la cabine téléphonique. Personne ne répondait et personne ne s'est soucié de nous. Aujourd'hui encore je ne sais pas ce qui s'est passé dans la tête et le cœur de ma mère. Je devine, bien sûr. J'imagine… Elle avait lâché mon père. Et, presque au même moment, l'homme qu'elle aimait, celui qu'elle venait rejoindre à Valmondois, l'a lui aussi lâchée… L'espace d'une nuit dans un village très vieille France, elle a tout perdu. Et j'étais là, très près, témoin de cette révolution et de cet échec. De ce courage et de cette déchéance. L'amour l'avait trahie, lui aussi. Que faire ? Que faire ? J'avais 8 ans et je comprenais qu'il ne fallait rien dire. Elle avait besoin d'aller jusqu'au bout de cette décision, de cette double rupture, de ce mal, de cette nuit rien que pour elle. Je me suis effacé. Elle est restée dans les toilettes quinze minutes, durant lesquelles j'ai pensé au pire. Mais elle est ressortie et ses yeux ne portaient aucune trace de larmes. Elle avait pris une nouvelle décision. Revenir à la raison, à son mari et son grand appartement bourgeois dans le Ve arrondissement. Pour cela, il fallait reprendre le train vers Paris. Il n'y en avait plus. Alors elle a dit cette phrase magique : "Viens, mon petit Emmanuel, on va se promener dans la nuit de ce joli village…" C'est ce qu'on a fait. On a marché partout. Dans toutes les rues. Toutes les impasses.

Et on a fini dans une forêt : celle que tu vois, Ahmed, là, devant nous. On y a dormi un petit peu, à peine deux heures, peut-être moins. On y a vécu notre secret à elle et à moi. Mon plus beau souvenir avec elle. Le plus dramatique… Maman s'était évadée. Et j'avais été là. Pour elle. Pour moi. Et pour l'amour. »

Tu pleurais, Emmanuel, en me racontant tout cela.

Un peu choqué par ce nouveau visage de toi, je n'ai pas pu t'accompagner dans les larmes. Je t'écoutais, étonné et ému. Touché et incrédule. Pourquoi tu ne m'avais jamais montré cette fragilité en toi ? Où était-elle pendant toutes ces années ? Pourquoi tu avais choisi d'être comme ton père, en permanence dans la maîtrise, le contrôle et la froideur ? Pourquoi avais-tu soudain décidé de m'amener là, dans ce village, dans ce souvenir, dans cet amour bref ? Pour renouveler ce qu'il y avait entre toi et moi ? Ou bien pour m'expliquer ce que tu étais devenu avec les années, t'excuser aussi peut-être ?

Je crois que c'était un cadeau d'adieu. Tu devinais bien que j'étais en train de préparer mon départ. Tu savais que je savais pour ton étudiant Kamal, l'autre Arabe qui est en train de me remplacer. À travers cette visite dans le village de Valmondois, tu m'offrais ce que tu ne m'avais plus offert depuis notre rencontre à Salé. Quelque chose de très sincère. En dehors de toute maîtrise et de tout calcul.

On a marché dans les mêmes rues que tu avais connues avec ta mère. La même atmosphère. La même forêt. À côté d'un ruisseau, on a fait une petite sieste. Tu m'as dit le nom de ce ruisseau, très français. Un nom magique : le Sausseron. Je l'ai répété trois fois pour le retenir dans ma mémoire.

J'ai compris que, une nouvelle fois, c'était toi qui avais le dernier mot.

Ce petit voyage dans ce petit village, c'était la fin.

Tu peux partir, Ahmed. Je ne te retiendrai pas. Je n'ai plus rien à partager avec toi, Ahmed. Va. Éloigne-toi de moi. Sauve-toi. Sauve ta peau. Je n'ai plus rien à t'apprendre et je suis incapable de revenir avec toi à Salé, à la plage, à l'enfant pauvre que tu as été.

Va, Ahmed. Cours, Ahmed. Quitte-moi. Pars. Pars. Et ne te retourne surtout pas.

J'ai bien entendu tes mots, Emmanuel. Même si tu ne les as pas prononcés.

C'était l'année dernière, tout cela. Ce petit voyage et cette perte dans le village de Valmondois.

Encore une fois, tu étais en avance sur moi. J'ai même l'impression que l'idée de m'émanciper enfin de toi et de ton arrogance, c'est toi qui l'as plantée dans ma tête.

C'est toi. C'est sûr. C'est toi. Je le sais maintenant et cela me tue. Il me faudra donc des années et des années pour réellement sortir de ton influence, pour nettoyer mon corps, mon cœur, mon esprit, de ton idéologie.

J'ai été heureux dans ce village de Valmondois. Une dernière fois. Après la sieste, on s'est masturbés longuement, comme deux frères complices. Comme deux étrangers capables soudain d'être tendrement sexuels l'un avec l'autre, l'un pour l'autre. Il n'y avait pas besoin de parler ni d'ajouter quoi que ce soit au plaisir d'être simplement là, allongés à même la terre, partageant la jouissance, dans l'oubli volontaire de tous les problèmes, de tout ce qui empêche d'exister dès qu'on ouvre les yeux.

Ce bonheur et cette absence ont duré à peine une heure. Celle que je vais garder et regarder en moi en partant aujourd'hui.

Sur le chemin du retour à Paris, perdu entre les arbres de la forêt, tu n'as pu t'empêcher de revenir à ce que tu appelles tes « fondamentaux ». Tout voir d'une manière analytique. Corrompre la beauté simple d'un moment par des idées qui lui sont étrangères.

Tu as parlé. Non pas de nous mais d'un passé historique, littéraire, que je connaissais par cœur aussi bien que toi et qui, depuis longtemps déjà, ne m'excitait plus, ne me servait plus à légitimer ma vie d'homosexuel.

Je t'ai laissé faire ton cours.

Oscar Wilde et André Gide en Algérie, à Biskra. Le premier offrant au second un garçon arabe et lui permettant ainsi de vivre sa première expérience homosexuelle. Cet épisode ultra célèbre, tu me l'as raconté je ne sais combien de fois. Au Maroc, suivant aveuglément tes conseils, j'avais fait un exposé sur ce sujet à l'Université de Rabat. J'avais osé faire cela. Tu avais été fier de moi. Tu parlais de « moment politique important » pour moi. J'avais été fier de te rendre fier. L'émancipation sexuelle d'André Gide, je l'avais vécue à l'époque comme si elle avait été la mienne. Mon identification mystique, littéraire et sexuelle était la preuve de mon intelligence. « Un esprit supérieur », tu disais de moi. Plus tard, je me suis rendu compte que j'avais fait un oubli impardonnable. Tragique. J'avais traité le garçon arabe offert à André Gide en ne parlant pratiquement pas de lui. Moi, le pédé arabe d'Emmanuel, j'avais tué à Rabat une énième fois le garçon qui devrait être le véritable héros de cette histoire. J'aurais dû lui servir de voix, d'avocat, d'ami, de frère lointain. Encore totalement colonisé dans ma tête, je n'avais parlé que des deux écrivains faisant du tourisme orientalo-sexuel en Algérie. J'avais récité ce que j'avais bien appris en croyant être un littéraire parfaitement sensible et audacieux. J'avais parlé de réaction, de créativité, de l'influence des idées sur les corps, de l'importance des premières fois et de tout un tas de choses.

Et je l'avais oublié, lui. Le petit Arabe dans l'Algérie depuis plusieurs décennies occupée par la France. Je l'avais traité comme on traite les pauvres. Ils n'ont aucune place dans l'Histoire. J'avais plus que bien fait le boulot. N'est-ce pas, Emmanuel ? Tu te souviens de tout cela, de cet exposé et de ce que tu m'as dit ? De tes louanges et tes encouragements ? Bien sûr que oui. Et, je le sais à présent, tu es revenu longuement sur cette histoire, alors qu'on quittait le village de Valmondois, parce que tu avais une idée derrière la tête.

Laquelle ? Laquelle ? La même que je viens de décrire ?

Tu me poussais à me rebeller contre toi, c'est ça ?

Tu en rajoutais exprès dans l'incarnation du professeur universitaire, coincé et un peu ridicule, pour me faire fuir une bonne fois pour toutes, c'est ça ?

C'est ça ?

Tu dors, Emmanuel. Profondément.

Tu ne te rends compte de rien. Tu n'entends rien. Tu te fous de moi. Je n'existe déjà plus.

Il reste moins d'une minute. L'alarme va sonner. Je te regarde. Je ne sais plus quoi penser.

J'ai l'impression que je ne te connais pas. Que je ne t'ai jamais connu. Je suis devenu ce que tu avais décidé pour moi. Mission accomplie.

Cela n'a plus aucun sens aujourd'hui. Aucun.

Même dans l'illusion de la liberté loin de toi, je veux sortir de ton monde, de ton corps, de tes yeux, de ton sexe, de ton cul et de ta langue.

C'est fini.

L'alarme a sonné.

Tu t'es levé.

Tu viens de passer à côté de moi. Tu as dit :

« Bonjour. »

J'ai répondu :

« Bonjour. »

Pour la dernière fois.

Adieu.

Ahmed

Mai 1990

Ahmed, mon petit frère…

« Tu es celui qui est digne d'être aimé. »

C'est ce que Simone m'a dit quand j'ai essayé de lui expliquer le sens de mon prénom en arabe. Lahbib. *Al-habib*. Je lui ai dit tous les mots qui se rapprochent de ce prénom. L'amour. L'objet d'amour. Celui qui est proche de l'amour. Proche d'Allah. Je lui ai dit aussi que c'est un des 99 noms pour dire, s'adresser à Dieu en Islam. L'aimer. Le vénérer. Le chanter. Le caresser.

Toutes ces explications lui ont fait plaisir, l'ont fait sourire, l'ont attendrie.

Simone croit en Dieu elle aussi, Ahmed. Le même que moi, que nous, appelé d'autres noms.

Quand j'ai eu fini mes explications, Simone a prononcé mon prénom et elle a dit avec une tendresse incroyable :

« Tu es celui qui est digne d'être aimé. »

Elle ne se moquait pas de moi, Simone. Je te le jure. Elle était sincère. Elle ne jouait pas avec moi, comme le fait souvent son fils, Gérard.

Elle s'est intéressée à moi et elle m'a demandé des choses sur moi, sur ce que je suis tout au fond et ce que je pense du monde, du Maroc, des autres.

Petit frère, petit Ahmed, je veux avant de dormir te parler de cette femme. Elle a ouvert mon cœur et elle m'a fait rêver pendant les trois heures que j'ai passées avec elle dans le jardin de la villa de son fils, dans le quartier Hassan à Rabat. Trois heures sans Gérard. Seulement elle et moi. Dans le grand jardin, et puis après dans la cuisine.

Elle m'a dit de ne pas l'appeler « Simone » mais « Simona ». « Simona » est son vrai prénom, quand elle vivait encore en Italie, en Sicile, dans une toute petite ville, Modica je crois. Elle a vécu dix ans là-bas. Puis ses parents ont émigré en France. Les gens ont commencé alors à l'appeler « Simone ». Mais elle n'aime pas « Simone ». Elle est Simona.

« Ce n'est pas la même chose », elle a dit.

Et elle avait raison. Ce n'est pas la même musique du tout.

« Gérard n'est pas là, appelle-moi "Simona" quand on n'est que tous les deux, toi et moi. Promis ? Viens avec moi dans la cuisine, on va préparer du hachis Parmentier. »

Ahmed, tu connais le hachis Parmentier, toi ? Moi, oui, à présent.

De la viande hachée, des pommes de terre cuites dans l'eau et écrasées avec une grosse cuiller, une sauce tomate préparée avec des feuilles de laurier.

Simona a mélangé la viande hachée et la sauce tomate, a fait cuire tout cela pendant quinze minutes. Dans un grand plat, elle a mis une couche de sauce tomate puis une couche de pommes de terre. Deux fois. À la fin, elle a fait cuire de nouveau tout cela dans le four durant trente minutes.

On est revenus dans le jardin et c'est à ce moment-là qu'elle m'a posé des questions sur moi, sur mon prénom.

« Tu es celui qui est digne d'être aimé. »

Je l'ai crue, Ahmed. Je la crois. Personne ne m'avait jamais dit cela. Même pas juste pour me faire un tout petit peu plaisir. Même Gérard, à qui je donne mon cul, mon sexe et ma peau depuis l'âge de 14 ans, n'a jamais pensé à me mentir comme ça. Comme Simona.

« Tu dois fuir un jour, Lahbib. Tu le sais. »

Elle a dit cette phrase quand on était de nouveau dans la cuisine pour sortir le plat du four. Elle l'a mis au bord de la fenêtre. Et elle a dit la phrase.

Partir, un jour… Fuir…

Je croyais qu'elle parlait du Maroc. Quitter ce pays, cette terre, rêver ailleurs de liberté impossible. Mais je me trompais, Ahmed. Je me suis rendu compte de mon erreur la semaine dernière.

Comme chaque mercredi après-midi, je suis allé chez Gérard. Il était seul dans la villa. Simona était partie, rentrée en France.

C'est tout ce qu'il m'a dit, Gérard. Et je n'ai pas osé poser plus de questions. Tu sais à quel point il est impressionnant, Gérard. Parfois, je ne sais même pas comment respirer quand je suis à côté de lui. J'oublie de le faire. Il me terrifie. Il me possède. « Tu es comme un esclave pour lui », c'est ce que tu as toujours dit, Ahmed.

J'avais acheté un bouquet de fleurs pour l'offrir à Simona.

Dans un pays très lointain qu'on appelle la France, Simona était redevenue Simone. Et Gérard a cru que les fleurs étaient pour lui.

« Tu l'aimes, ton Gérard ? »

Je n'ai jamais su quoi répondre à cette question quand tu me la posais, Ahmed. Et tu l'as fait chaque fois qu'on est allés regarder passer les trains à côté de la gare de Salé-Tabriquet.

Je ne voulais pas lui donner les fleurs. Mais il a tendu les mains.

Qu'aurais-tu fait à ma place, Ahmed ?

Je n'aurai pas le temps d'entendre ta réponse. Je dois dormir. Mais toi, écoute-moi : il faut que cela serve de leçon à quelqu'un. Toi. Toi, Ahmed.

Simona ne parlait pas du tout du Maroc. C'est son fils qu'elle me disait de fuir. Elle voyait comment il me traitait et elle n'était pas d'accord. Elle n'approuvait pas. Il fallait fuir.

Simona disparue, impossible de la voir, de profiter de sa présence, alors que je venais avec des fleurs.

Simona dans une autre réalité m'a guidé.

Pendant les quelques secondes durant lesquelles j'ai tendu le bouquet de fleurs à Gérard, j'ai compris le message de Simona et j'ai cru que je m'étais libéré de l'emprise de son fils. Que je pouvais le faire.

Je passe à l'acte. Je lui donne les fleurs à lui et je pars. Fais-le, Lahbib. Fais-le. Il a 45 ans, il a la villa à Rabat, il a un grand poste à l'ambassade de France, il a la virilité que tu désires, son sexe tu l'adores, ses poils te rendent fou, mais toi, toi, Lahbib, tu n'as que 17 ans. Tu n'as que 17 ans. Dans le monde, même au Maroc qui t'opprime et t'asphyxie, il y a autre chose. L'air appartient à tous. À nous tous, toutes. Tu peux vivre tant que tu respires l'air qui est à toi.

Tu n'as que 17 ans, Lahbib.

Toi, Ahmed, tu as deux ans de moins que moi. 15 ans. Nous sommes copains, amis, frères. Nous avons toujours réussi à le rester. Des frères qui se chamaillent, qui se bagarrent, qui restent ensemble malgré tout. Des frères qui respectent la promesse. L'unique promesse qui compte.

Se retrouver une fois par semaine devant les trains qui passent, parler de nous, toi et moi sans eux.

Tu n'as jamais aimé Gérard. Surtout quand il m'a demandé de t'amener toi aussi à la villa. Tu es venu mais tu as refusé d'aller au lit avec lui et moi.

Tu as toujours dit que Gérard était d'un monde que tu ne comprenais pas, que tu ne comprendrais jamais. Tu acceptais que je te donne un peu de l'argent que je lui volais et tu disais : « C'est juste. Juste. Vole-le encore et encore. » Tu ne voyais pas que je l'aimais profondément. Que j'étais fou de lui. Voler son argent était aussi une sorte de jeu entre nous, lui et moi. Cela l'excitait d'avoir un petit voleur marocain pédé dans son lit.

Je t'ai tout raconté, Ahmed. Nous avons analysé tout et tout. Notre amour et notre chute. Nos projets naïfs et nos petites morts. La vie qui nous attend, sur une autre planète et sous un autre soleil.

Tu ne comprenais pas tout. Tu es plus jeune que moi et je sais que tu seras différent de moi dans l'avenir. 15 ans ce n'est pas 17 ans. Pédés tous les deux, unis malgré eux, violés chaque semaine par les mêmes mecs virils et dégueulasses de notre quartier. Mais tu es jeune et je t'ai caché des choses. Tu ne dois pas tout savoir. La vérité n'est pas toujours bonne à savoir en entier. Je t'ai protégé, Ahmed. Et je sais que tu es furieux maintenant en lisant cette lettre. Que tu pleures. Tu pleures. Tu pleures…

Je t'ai laissé seul dans l'océan de l'amour vide.

Comment ai-je pu te faire cela ?

Écoute-moi. Continue de pleurer, mais écoute-moi. Écoute. Toi seul peux m'entendre et me porter à présent.

Gérard a pris le bouquet de fleurs, l'a mis de côté sans respirer dedans, et il m'a dit :

« Va prendre une douche, je t'attends au lit. Tu es sale, comme d'habitude. Va te laver ! »

J'avais fini par m'habituer à cette exigence. Il trouvait tout le temps que je puais et il ne pouvait faire du sexe avec moi qu'après que je m'étais lavé. Il aimait sentir le propre sur moi, le savon de Marseille ou bien surtout DOP, le savon des pauvres Marocains comme toi et moi.

La semaine dernière, Gérard a décidé de se venger, de me punir, de m'humilier.

Quand je suis allé le rejoindre au lit, il m'a dit :

« Ma mère t'aime bien… Elle m'a chargé de te transmettre ses salutations. »

J'ai souri grand. Simona ne m'avait pas oublié. Simona avait en elle mon prénom, dans son cœur mon image. Mais cela ne plaisait pas du tout à Gérard. Je le voyais maintenant, dans ses yeux en colère.

Il était sur le lit. Il était tellement beau. Tellement important. Son sexe dur, déjà. Il était tout ce que nous ne serons jamais toi et moi. Un Français qui a tout, qui a la belle vie, qui a le Maroc à ses pieds. Gérard est ce que nous ne deviendrons jamais, Ahmed.

Il m'a dit de m'allonger à côté de lui. Je l'ai fait. Et, sans me regarder, il a poursuivi son humiliation de Lahbib :

« La semaine dernière, tu as volé plus que ce qui était prévu, convenu entre nous. Tu as pris 500 dirhams. Tu ne dois voler que 200 dirhams… C'est dans le contrat… Tu m'as trahi… Je ne peux plus te faire confiance… Je ne peux plus faire du sexe avec toi… Tu me dégoûtes… »

Il ne plaisantait pas. Et je savais qu'il ne fallait pas le supplier. Il ne fallait rien dire.

J'ai pleuré. Nu. En silence.

J'ai compris à ce moment-là deux choses :

1) Gérard était jaloux du lien vrai et sincère entre Simona et moi.

2) Gérard avait enfin trouvé la bonne occasion pour se débarrasser de moi. J'étais désormais trop vieux. 17 ans et déjà trop vieux. Pire : je n'avais même pas réussi à lui ramener mon remplaçant. Toi. Toi, Ahmed.

J'ai pleuré. Et j'ai commencé à me préparer à mourir.

J'ai pris alors cette décision. Mourir. Partir. Très vite. Plus personne, plus rien ne pourrait me retenir.

Je l'aimais, Gérard. Je l'aimais sans comprendre tout et tout de ce qui se passait entre nous. Je l'aimais et, sans lui, je me serais donné la mort bien avant l'âge de 14 ans.

Gérard s'est tourné vers moi dans le lit. Il a essuyé mes larmes. Et il a dit :

« Va prendre une deuxième douche. »

De l'espoir dans mon cœur.

Nous allions nous réconcilier. Faire l'amour. Le sexe.

Je le laisserai entrer en moi au-delà des limites et des peurs. Je crierai plus fort que les autres fois : il aime ça, mes cris et mon affolement. Et, quand ça sera mon tour, en lui je serai moins brusque, je serai discipliné, constant, dans mes mouvements. Je serai obéissant de bout en bout, comme il veut.

Je ne parlerai plus jamais de Simona avec lui. J'ai compris que sa jalousie était légitime. Elle est sa mère à lui. Pas la mienne. Il a raison de ne la garder que pour lui.

Sous la douche, je répétais et je construisais ce nouvel acte. Ce nouveau bonheur. Laver mon corps déjà propre, je ne l'ai pas vécu comme une humiliation.

C'est cela que Gérard veut, alors je le fais sans discuter. Je ferai même mieux : puisque cela n'a pas marché avec toi, Ahmed, je dois lui trouver quelqu'un d'autre. Un autre Lahbib plus jeune. Je dois. Je dois si je veux que Gérard me garde. Me pardonne et me garde.

L'idée de mourir pour de vrai était partie de mon esprit. J'étais optimiste. Trop, bien sûr. Trop optimiste et trop aveugle depuis toujours.

À 17 ans, je ne faisais plus l'affaire pour Gérard. Tout au fond de mon cœur, je le savais. Je le savais... J'ai expiré.

J'ai tout fait pour garder l'espoir visible sur mon visage. Dans la chambre à coucher, je l'ai offert à Gérard, cet espoir. Il était à la fenêtre, toujours nu. Il fumait. Il s'est retourné vers moi et il a dit :

« Allonge-toi, j'arrive... Je termine ma cigarette... »

Il n'est pas venu. Il a fumé sa cigarette. Puis une deuxième. Puis une troisième...

C'était plus que de l'humiliation. Je ne savais plus pourquoi j'étais puni. Je ne comprenais plus rien à rien.

Nu sur le lit, j'ai pensé à toi, Ahmed. J'ai pensé que j'allais te raconter tout cela, ce rejet dans l'amour, ce désespoir définitif. J'ai pensé à quoi te dire pour te protéger de tout cela. Et j'ai su que je n'aurais pas le temps de le faire.

Le désir de mourir était revenu.

En finir là, maintenant, tout de suite. Sauter par la fenêtre. Mourir dans le jardin où Simona m'avait dit : « Tu es celui qui est digne d'être aimé. »

Gérard a finalement parlé. Il n'avait plus envie de sexe. Il n'avait plus envie de cela avec moi.

Je me suis levé et j'ai proposé d'aller me laver une troisième fois.

Il n'a rien répondu.

Le silence de cet instant a duré une éternité.

J'ai senti l'odeur de la mort qui se rapprochait de moi.

Gérard est allé vers son bureau, a ouvert un tiroir, en a sorti des billets et me les a donnés.

« Je vais aller me doucher moi aussi. »

Cela signifiait : Je ne veux pas te revoir ici, dans la villa, quand j'aurai terminé.

Je me suis rhabillé très vite. J'ai pris l'argent. Et je suis parti.

La fin de l'amour. La fin de la vie. Pourquoi continuer à exister, à présent ? Pourquoi ? Pour toi, Ahmed, mon petit frère ?

Pardonne-moi. Pardonne-moi.

Je croyais que Gérard allait me sauver, me garder avec lui pour toujours, me trouver du travail, me guider dans l'enfer de mon existence marocaine. Je croyais que j'allais vieillir à ses côtés. Je croyais qu'il était mon prince à tout jamais.

17 ans et tout est déjà fini. Fini. Fini.

Mon cœur, mon sexe, mon destin, mes yeux, mes visions, tout est fini.

Au fond, ce n'est pas moi qui ai décidé d'en finir. Je suis juste allé au bout de la logique de ce monde. Notre monde et celui de Gérard.

C'est ce que Allah, *Al-habib*, a décidé pour moi.

Je ne pouvais plus attendre dans le lit de Gérard et sa villa. Je ne pouvais plus revenir à notre première prison.

Notre quartier pauvre à Salé. Ma famille et ses interminables problèmes d'argent. Mes parents et leur étroitesse d'esprit.

J'ai marché dans les rues de Rabat. Le quartier de Hassan a soudain été envahi par la brume qui venait de l'océan Atlantique tout proche. Il y avait du sel dans l'air. De la mer. De la mort.

Sauter du pont qui relie Rabat à Salé. Sauter dans le fleuve Bou Regreg en plein jour.

C'était ça la solution. Vite. Vite, Lahbib !

J'ai pris ta main, Ahmed, et j'ai traversé les blocs qui me séparaient du pont.

Tu ne savais rien, Ahmed. Tu me faisais confiance. Je ne pouvais partir sans te dire adieu. Sans te donner tout l'amour qui restait vivant encore en moi.

Tu ne disais rien. Marcher côte à côte, c'était ce que tu aimais le plus entre toi et moi. Avaler les kilomètres. Rêver à deux en silence. Devenir frères malgré la détresse qui sépare.

Tu vas marcher seul maintenant, Ahmed. Pardon. Pardon.

Je ne t'ai pas tout dit de ce que je vivais loin de toi, à Rabat. Avec Gérard et ses amis. J'ai accepté ce qu'ils me faisaient. Je me suis vendu. L'amour pour Gérard me guidait, me protégeait, donnait sens à ce chaos, à ce massacre interminable.

L'amour pour Gérard est toujours vivant. Mais sans lui. Il m'a lâché. Il m'a rendu à moi-même, à ma pauvreté, à mon corps sale.

La lumière du soleil réussissait à traverser la brume dans les quartiers de Rabat. Elle me touchait délicatement, amoureusement.

J'ai lâché ta main, Ahmed. J'ai tourné le dos à Gérard. Et j'ai commencé à courir vers le pont. Vers le fleuve.

Courir. Courir. Ne surtout pas réfléchir.

Tout est fini ici pour moi. Ça se passera vite. J'ai le courage en moi.

Saute. Saute, Lahbib ! Tu es celui qui est digne d'être aimé, saute.

Je cours. Et je t'écris, Ahmed. Dans ton cœur, tu trouveras ma lettre, ces derniers mots.

Ne retiens de moi que l'amour sincère entre nous, Ahmed. Nous marchons sans nous fatiguer et nous regardons passer les trains.

Ils passent sans arrêt, les trains, sans nous prendre avec eux.

Garde le monde et l'espoir vivants en toi. Même difficile, tu dois porter jusqu'au bout cette mission.

Pardon, Ahmed. Pardon.

Un jour, tu me vengeras. Je le sais. J'en suis convaincu. Fais-le. Fais-le.

N'oublie pas. Ne m'oublie pas. Tu dois me rendre justice. Me porter mort et vivant dans ton cœur.

Partout, je serai avec toi.

Je saute dans le fleuve.

Je suis avec toi.

À bientôt, Ahmed,

Lahbib

Du même auteur

Mon Maroc
Séguier, 2000

Le Rouge du tarbouche
Séguier, 2004
et « Points » n^o P2797

L'Armée du Salut
Seuil, 2006
et « Points » n^o P1880

Maroc, 1900-1960
Un certain regard
(avec Frédéric Mitterrand)
Actes Sud/Malika Éditions, 2007

Une mélancolie arabe
Seuil, 2008
et « Points » n^o P2521

Lettres à un jeune Marocain
(choisies et présentées par Abdellah Taïa)
Seuil, 2009

Le Jour du Roi
prix de Flore
Seuil, 2010
et « Points » n° P2666

Infidèles
Seuil, 2012
et « Points » n° P4020

Un pays pour mourir
Seuil, 2015
et « Points » n° P4239

RÉALISATION : NORD COMPO À VILLENEUVE-D'ASCQ
IMPRESSION : CORLET IMPRIMEUR S.A. À CONDÉ-SUR-NOIREAU
DÉPÔT LÉGAL : JANVIER 2017. N° 134307-2 (188106)
IMPRIMÉ EN FRANCE